Pour Magali,

de la part d'Eve,

à l'occasion de

ton anniversaire

2007.

Clou d'éclat à Étretat

C. ROBERT

Pour Magalie, en espérant que

son anniversaire sera "éclatant" avec

la lecture de ce petit roman

écrit à deux mains,

Vincent LISSONNET

A ceux qui aiment *aller à la rocaille*,
et à tous les autres…
S'ils savaient !…

Robert VINCENT

Clou d'éclat à Étretat

ÉDITIONS
Charles CORLET
Z.I. Route de Vire – BP 86
14110 CONDÉ-SUR-NOIREAU
www.corlet-editions.fr

AVERTISSEMENT

Les évènements et les personnages de ce roman sont purement imaginaires et toute ressemblance avec des personnes réelles, vivantes ou mortes, ne saurait être que fortuite. Cela va sans dire mais encore mieux en le disant.

ISBN : 978-2-84706-257-1

CHAPITRE 1

Casse-tête Étretatais

Le commissaire Faidherbe avait décidé de considérer la *Taverne des Trois Bénédictins* comme le ventre d'Etretat. Sa silhouette encore élancée pour son âge – estomac excepté – de belle stature mais légèrement voûtée, s'était reflétée dans les grandes vitres du restaurant, avant de passer entre les deux fontaines de cidre qui en animaient l'entrée. Il s'était installé à la dernière table du fond. De là il pouvait voir toute la salle en enfilade, les passants dans la rue, la place des Halles, sans être dérangé par des voisins. A sa gauche la vitre, à sa droite le mur. Les clients ordinaires évitaient cette table, la plus reculée, qui ne pouvait accueillir que deux personnes. On s'y sentait à l'étroit et exclu de l'ambiance du restaurant. Seuls des couples d'amoureux dans le début de leur passion se dirigeaient spontanément vers cette partie de la salle.

Le commissaire Faidherbe n'était ni ordinaire ni amoureux. Ses capacités, sa passion du travail bien fait, sa courtoisie et son charme naturels lui avaient valu d'appartenir longtemps au corps de protection des voyages de la Présidence de la République. Inexplicablement, trois ans avant sa retraite, on le remercia, le promut et le relégua en Normandie, de retour à la police judiciaire, sa jeunesse. Il avait fait les frais, avec d'autres, d'une de ces révolutions de palais inavouées et insidieuses qui ponctuent les fins de règne et anticipent les changements de politique par des changements d'hommes. Il n'en gardait aucune amertume. Par moments, un peu le regret de Paris. Célibataire, il aimait sortir, fréquenter les théâtres, les salles de spectacle et avoir le plus grand choix de films à découvrir ou à revoir. Pour autant, il ne s'ennuyait pas dans son dernier poste, sachant partout apprécier les surprises de la vie.

Il était perdu dans ses pensées. Comment avait-on attiré Annabelle Tourte sur les falaises ? Quand on avait trouvé son corps écrasé sur les rochers au pied de la Grotte des Demoiselles, tout le monde avait cru à un suicide, avec un peu d'étonnement cependant. D'habitude les gens venaient d'ailleurs pour se jeter dans le vide. La jeune femme était d'ici. Pas exactement, avaient dit les plus chauvins, elle travaillait ici, elle n'y était pas née, nuance. Un peu tard, on s'était intéressé à elle. Des bribes de renseignements ramassés çà et là avaient refait son histoire comme un puzzle que les habitués reconstituaient à l'envi dans le pub irlandais où elle travaillait, quelques rues plus loin.

Ça faisait un passionnant sujet de conversation, ça attirait la clientèle et ça donnait soif de retourner sous toutes les coutures les pans minuscules d'une vie privée achevée de manière si tragique. Le patron, Justin Quenail, qui avait le sens de l'ambiance et du commerce, offrait un bock pour tout renseignement nouveau car tout ça, c'était incroyable de la part d'Annabelle. Ce n'était pas du tout elle. Et il la connaissait bien, allez ! On pouvait le croire.

Annabelle Tourte, qui paraissait quarante ans au moins, n'en avait pas trente-six. Avant d'arriver à Etretat comme serveuse grâce à une association, elle avait fait un séjour en prison. De sa vie d'avant, il lui était resté un petit garçon qui lui avait été retiré – elle avait le droit d'aller le voir au Havre, une fois par mois – et les traits légèrement gonflés des alcooliques. Au mot d'alcoolique, un certain nombre des habitués du pub se seraient récriés qu'on ne l'avait jamais vue ivre et que c'était pas un motif pour se suicider. On en connaissait beaucoup qu'un verre au bon moment aidait à vivre. Mais un enfant dont elle était privée, ça c'était une raison de se jeter de la falaise. Une femme avait alors lancé :

– Vous les gars, vous n'y entendez rien. Pour une mère, c'est une raison pour pas se foutre en l'air.

– Mado, tu es trop sentimentale, lui envoya Quenail avec un sourire entendu à l'assistance.

Elle haussa les épaules et ajouta :

– Elle aurait sauté avec le gosse, peut-être, j'dis pas, mais pas sans lui.

Plus de sourires au-dessus des bières mousseuses.

Puis la nouvelle arriva, apportée par Adrien Touque, un grand rougeaud blond, commercial dans une grosse concession automobile du Havre.

– L'Annabelle, elle était déjà morte quand son corps s'est disloqué et écrabouillé sur la rocaille.

– C'est-i possib'e ? s'exclama un employé municipal en retraite.

– C'est l'autopsie qui l'a révélé.

– Et comment tu sais ça, toi ? demanda Quenail, hésitant à offrir son bock à cet habitué un peu m'as-tu-vu qu'il n'appréciait guère.

– Je le tiens d'un client qui travaille au commissariat. Et, tenez-vous bien, le médecin légiste lui a trouvé un clou enfoncé dans le bulbe rachidien ! Il paraît que c'est fatal.

Une rumeur horrifiée parcourut le pub, et d'autant plus horrifiée qu'on situait mal le dit bulbe rachidien.

Adrien Touque plongea les lèvres dans la mousse. Quand il abaissa la chope, il arborait un sourire qui en disait long sur le plaisir qu'il ressentait de se rafraîchir gratis en épatant la galerie.

Les commentaires fusaient. Ça changeait tout. C'était un assassinat. Un assassin avait opéré à Etretat, parmi eux !

Joseph Lacorne, à qui tout ce drame avait donné très soif et qui ne pouvait plus compter ses demis eut le malheur de faire une plaisanterie entre deux hoquets :

– Il a pas opéré, l'assassin ! Il a bricolé, nuance !

Ulcéré, Justin, un sanguin, brave homme mais emporté, jeta aussitôt Joseph Lacorne dehors sans même encaisser les bières qu'il avait bues.

Quand il rentra, personne n'avait plus envie de rire. Il se réinstalla derrière son bar, donna deux coups de torchon sonores sur le zinc avant de déclarer, devenu sombre

– Dans un sens, j'aime mieux ça : ça me donne raison. La Annabelle, c'était pas du genre à sauter dans le vide. D'un autre côté, il va y avoir du soupçon et tous les gens qui la connaissaient seront cuisinés par les poulets.

Il fit glisser le torchon sur le bar et balaya l'assistance du regard.

– Vous comme moi. Faut êt'e logique : on est des suspects maintenant. Faut pas que ça dure longtemps avant qu'ils trouvent le coupab'e, sinon ce sera intenab'e ici. Cette histoire de clou, ça m'dit rien qui vaille.

C'est pourquoi le commissaire Faidherbe finissait son déjeuner à la *Taverne des Trois Bénédictins* d'Etretat : pour un clou. Rêveusement, il jouait avec son couteau tout en songeant à la jeune femme. Sans y penser, comme par désœuvrement, il fit tinter son verre. La serveuse du rang se dépêcha de venir vers lui. Des clients se retournèrent avec une moue désapprobatrice pour cette manière grossière d'appeler le personnel.

– Monsieur désire ?

Faidherbe la regarda avec surprise. Il n'avait pas pris conscience de son propre geste. La jeune fille, une jolie brune aux yeux bleus, aux cheveux bouclés mi-longs, d'environ vingt ans, attendait une commande qui ne venait pas. Elle commençait à croire que le policier se moquait d'elle. Le commissaire comprit soudain.

– Je vous demande pardon. C'était un geste machinal, je n'ai besoin de rien.

La jeune fille sourit. Faidherbe se ravisa.

– Ou plutôt si. Je voudrais vous demander quelque chose, comme ça, entre nous. Vous la connaissiez un peu, Annabelle ?

– Un peu. C'était une collègue comme qui dirait. Ici, dans le métier tout le monde se connaît, forcément.

– Est-ce qu'elle était du genre à retrouver un client après le service ?

La serveuse dévisagea avec méfiance cet homme aux cheveux blond roux, légèrement ondulés mais peu fournis, dont le sourire charmeur accentuait les rides. Il venait d'insinuer avec son sourire quelque chose de déplaisant qui salissait le souvenir de la pauvre morte. C'était un policier, mais tout de même, faut du respect. Son visage avenant se ferma. Elle prit un petit air buté.

– Je ne l'ai jamais vue avec personne. Elle ne causait pas beaucoup.

– Je me doutais bien que l'assassin n'avait pas pu entraîner Annabelle Tourte jusque là-haut aussi facilement. Et vous-même, vous y allez bien quelquefois sur les falaises avec un amoureux ; personne n'y a attiré votre attention récemment ?

– Vous voulez dire un type avec un air d'assassin ?

– Oh, pas spécialement ; souvent les assassins ont une tête très ordinaire, vous savez, comme vous et moi.

La serveuse eut un mouvement de recul.

Le commissaire vit qu'il allait trop loin pour la jeune fille. Il regretta cette dernière remarque et essaya de se corriger. Il s'enferra.

– Ne vous bilez pas. Je vois bien qu'il n'y a pas plus innocente que vous. C'était une plaisanterie, oubliez-la, dit-il avec le sourire le plus franc qu'il pût exhiber.

La serveuse serra le torchon qu'elle avait dans les mains puis lui souffla avec humeur :

– Il ne faut pas plaisanter comme ça avec moi. Je vous apporte votre addition.

– Avec un café et une Bénédictine, puisque je suis ici. Merci.

Il la regarda s'éloigner, trottant menu vers le bar. Ravissante, pensa-t-il, mais méfiante désormais. Il n'aurait pas dû la brusquer bêtement. D'autres regards masculins la suivirent. Avec amusement, Faidherbe observa les mouvements des têtes qui se tournaient les unes après les autres.

– Que personne ne bouge !

Tous les visages empreints de stupeur firent un huitième de tour vers la porte d'entrée.

CHAPITRE 2

Moustache clouée à la Normande

Seul Faidherbe continuait de contempler rêveusement la serveuse. Comme lui, la jeune fille n'avait pas réagi à la menace proférée par le nouvel arrivant. Elle examinait désormais scrupuleusement la propreté d'un verre à la lumière d'une lampe-tempête accrochée au-dessus du zinc, complètement indifférente à l'apparition tonitruante d'un personnage qui s'avançait en virevoltant au milieu des clients vers le commissaire. Celui-ci avait eu beau baisser la tête, c'était trop tard, il avait été repéré. Seuls les regards médusés de deux ou trois touristes suivirent l'individu qui s'avançait vers lui en agitant les bras. Il est vrai que le geste accompagnait la parole. Il brandissait ce qui ressemblait à un volumineux pistolet au canon écrasé comme la truffe d'un bouledogue. Cependant, les autres clients, habitués des lieux ou locaux avertis, avaient déjà repris le cours normal de leurs conversations. Hugues Lalouette venait de faire son entrée.

Hugues Lalouette, quarante ans, échotier à *L'Écho des Falaises*, était ce qu'on appelle une figure locale, au même titre que Nini, la patronne de l'hôtel *Au Coup de Norois*, dont la coiffe aussi volumineuse qu'ébouriffée semblait avoir subi tous les outrages de la mer, ou Justin Quenail, le patron irascible du *Connemara*.

Petit-neveu du célèbre romancier Maurice Leroux, Hugues Lalouette héritait il est vrai d'une lourde ascendance en excentricités et bizarreries diverses. Il semblait incarner à lui seul tous les personnages pittoresques de l'épopée familiale dont le sang aurait été mêlé d'une façon brouillonne aux héros des romans de son grand-oncle – les seuls qu'il eût jamais lus jusqu'au bout – ou des grandes figures policières qu'il avait découvertes dans de vieux illustrés. Maurice Leroux, célébrité discrète, se désolait de savoir que la caricature ambulante de ses plus grands héros parcourait en électron libre les rues d'Etretat et des villes environnantes.

Ce jour-là, son accoutrement tenait autant d'un Sherlock Holmes de feuilleton télévisé en mal de finances que d'un Rouletabille de carnaval : il portait un pantalon de drap pied-de-poule entré dans des chaussettes de tennis aux lignes rouges et bleues apparentes ainsi qu'une veste approximativement du même motif, trop grande et flottant sur une chemise Lacoste de contrefaçon. Il arborait aussi une moustache extravagante qu'on ne lui avait pas connue la veille, vu qu'il adoptait alors un profil *Gatzby le Magnifique chez les Soviets*, visage glabre et cheveux gominés, lunettes sombres immenses, veste de lin estivale, tennis cirées et parapluie noir en guise de canne. C'était le jour de son repas à l'*Auberge des Galets bleus* où l'attendait comme tous les mercredis son seul plat copieux de la semaine, offert par la maison, à la table réservée maintenant depuis des années. Vue sur mer et crustacés à volonté. Tout ouïe sur les propos des tables voisines, jumelles de théâtre à portée de mains : la vue offrait à cette table toute la partie du village qui se lovait autour de la place centrale, jusqu'au pied de la falaise d'amont. En tant qu'unique descendant de la lignée, il profitait alors pleinement, les doigts dans les bulots, le nez dans le muscadet, de ce privilège familial dont l'origine restait obscure, et ce d'autant plus que son oncle y avait renoncé pour lui-même, ne sortant que rarement de sa villa.

– Commissaire ! Voici l'arme du crime ! proclama-t-il d'un geste théâtral, perdant sa moustache postiche qui tomba dans l'assiette de Faidherbe, encore grasse des reliefs de l'escalope sauce normande à 10 euros 50, plat du jour, café en sus. Faidherbe, résigné, regarda un instant cette composition surréaliste avant de lever des yeux de chien battu sur Lalouette.

– *Bricotout*, Fécamp. Trois cents francs, marmonna le commissaire qui comptait encore dans l'ancienne devise, et parfois même en anciens francs. Il venait de repérer dans la matinée le même modèle de cloueuse sans fil de chez *Block et Becker*. Lalouette s'assit en face de lui :

– Quarante euros, commissaire, soyez moderne ! et en promo, reprit-il, Je viens juste d'acheter la dernière ! On ne m'a pas reconnu bien sûr. N'importe quel gandin à fausse moustache peut s'acheter la même. Dommage que vous ayez fini votre viande, on aurait pu faire un essai, comme les blouses blanches de la police scientifique.

Le journaliste pointait fiévreusement vers l'assiette le canon plat de sa cloueuse.

– Ne vous blessez pas Lalouette… Un coup est vite parti sur ces machines…

Et en plus il l'avait achetée… Que le criminel se fût déguisé pour acheter la machine à clouer n'était même pas venu à l'idée du commissaire. C'était absolument fantaisiste et sans doute parfaitement inutile d'ailleurs. Le modèle était commun ; la médecine légale, vu l'enfoncement du clou, avait soupçonné l'instrument. Il était trouvé. Terminé. Quant à remonter à tous les acheteurs d'une telle machine… Après tout, si ça faisait plaisir à Lalouette de sillonner tous les *Bricotout* de la région… au moins, cela l'éloignerait un temps des environs. Pourtant Faidherbe avait tout intérêt à frayer avec le journaliste, aussi encombrant fût-il, car il connaissait tout le monde à Etretat. Il avait un savoir encyclopédique des familles d'origine parisienne ou havraise, et ce sur des générations, fréquentait tous les buffets de la région, tutoyait le maire et faisait rire la sous-préfète.

La serveuse revint à ce moment, déposa le café et la Bénédictine. La coupelle blanche en plastique avec sa note pliée en deux résonna sur le bois de la table. Elle jeta un regard amusé au contenu de l'assiette :

– Faut pas vous faire tant de cheveux avec cette histoire, commissaire… il va plus vous en rester beaucoup.

– Débarrassez plutôt cette assiette… demanda Faidherbe qui, las, ne voulut pas répondre à la provocation.

– Et apporte-moi une Béné, j'ai l'arme du crime, ça se fête ! enchaîna Lalouette, triomphant.

– Toi Larsen ? s'étonna la serveuse, dis plutôt que tu l'as trouvée hier sous une table du banquet des anciens !

Le visage poupin de Lalouette s'empourpra. Ses cheveux noirs hirsutes encore gras de gomina et ses yeux bleus délavés qui tourbillonnaient composaient un des visages les plus grotesques et pathétiques que Faidherbe eût jamais vus. Et ce parfum… un savant mélange de fragrances antiques certainement dénichées dans le grenier du vieil oncle auxquelles s'ajoutait une touche d'odeur de gasoil et de filets de pêche : une vraie marée noire olfactive.

La serveuse s'éloigna en ricanant. Elle revint ensuite avec le digestif de Lalouette et jeta un regard complice au commissaire. Faidherbe sourit. Il comprit qu'elle s'amusait du journaliste. Larsen… Le surnom de Lalouette lui allait bien. Autant parce qu'il rappelait le personnage d'Arsène Blond, le célèbre agent S.O.S O17 inventé par son oncle dont il n'était qu'un pastiche, que parce qu'il rappelait le son strident et enroué de sa vieille Triumph, un coupé noir délavé au sel de mer dont on distinguait la carcasse fatiguée dans la rue adjacente. Les 4X4 des Parisiens qui encadraient le véhicule semblaient accentuer encore son aplatissement au sol. La vieille dame s'écrasait lamentablement devant les jeunes imposantes, bourrées de technologie. Larsen, lui, l'œil éteint, commençait à piquer du nez, avachi sur la table en bois, la tête entre le verre de Bénédictine – en supplément sur la note de Faidherbe – et l'agrafeuse-cloueuse de chez Bricotout.

Le commissaire avala rapidement café et Bénédictine, déposa un billet dans la coupelle blanche, ainsi qu'une poignée de pièces cuivrées quasi verdâtres qu'il aurait été bien en peine de compter. Il se leva un peu péniblement, étourdi par la liqueur fécampoise, les conversations de café paranoïaques et le journaliste de *L'Echo des Falaises*.

– Bon après-midi, Lalouette, bricolez bien.

– Nous avons besoin de prendre l'air commissaire, enchaîna le journaliste qui s'était redressé, une petite promenade-réflexion à propos de cette sombre histoire nous rafraîchira les idées.

Il rangea son outil dans un sac en plastique vert qu'il avait sorti de sa poche de veste, et se leva.

En plus, il commence à penser pour nous deux, bougonna mentalement Faidherbe.

La P.J. n'avait pas eu à lui imposer un encombrant stagiaire sur cette affaire : Lalouette s'était affecté lui-même à ce poste. Les deux hommes sortirent. En longeant la façade du restaurant, le policier crut encore distinguer derrière la vitre un sourire ironique sur le visage de la serveuse.

CHAPITRE 3

Le tireur des lettres

Sur la digue promenade, en ce jour de semaine, il n'y avait guère de monde : quelques touristes étrangers, deux ou trois retraités. Sur les galets, une femme lançait dans l'eau un bâton à son labrador. On ne voyait qu'une barque proche de la mer, les autres étaient remisées sur la digue. Un vent de mer froid étourdissait les deux hommes en pleine digestion.

– Votre enquête avance ? Je ne vous bouscule pas : c'est de la curiosité professionnelle.

Hugues Lalouette ne laissa pas au commissaire le temps de répondre et enchaîna.

– Mon oncle se passionne pour vous. C'est rare qu'il s'intéresse à quelque chose désormais ; pensez, à quatre-vingt-quinze ans ! Vous vous y connaissez en photographie ? Je l'appelle ML, comme *Memory Lock*, le bouton de blocage de mémorisation d'exposition : il a des pannes, le vieil écrivain. Le crime l'a réveillé. Il voudrait connaître vos méthodes. Il serait ravi de vous rencontrer. Je ne vous cache pas que ça m'arrangerait aussi : ça me ferait un article de plus pour *L'Echo*. Je pourrais même en vendre des versions à des quotidiens régionaux ou nationaux, si vous n'y voyez pas d'inconvénient. Il faut s'entraider : je connais tout le monde ici et même tout sur tout le monde – il cligna de l'œil – le vrai comme le faux, médisances et calomnies... Si vous avez besoin de tuyaux, n'hésitez pas.

Le commissaire restait muet. Il fallait d'abord savoir se taire dans ce métier, laisser venir le vrai, le faux, le n'importe quoi. Puis faire le tri. Des zozos bavards comme Lalouette, il en avait rencontré beaucoup : dans la logorrhée passait toujours une parole éclairante. Le journaliste prit le bras du commissaire avec familiarité et ajouta :

– Tenez, en gage de bonne foi, voici un drôle de tuyau : Annabelle Tourte était la maîtresse de Justin Quenail, depuis une quinzaine. Si ! Je le sais parce qu'il a arrosé ça avec moi deux ou trois jours après, quand elle était en congé. Un brave type Justin, malin et patient avec les femmes, le cœur sur la main avec les copains, un tantinet violent parfois et bougrement jaloux – que voulez-vous, nul n'est parfait ! – mais pas l'étoffe d'un assassin, croyez-moi. D'ailleurs, si vous voulez piéger le coupable par quelque fausse information dans mon canard, je suis votre homme.

Et, offrant sa face épanouie au vent du large, le journaliste s'écria :

– Ah, je me régale !

Les deux promeneurs étaient arrivés à la hauteur d'une de ces anciennes barques couvertes restaurées, qu'on appelle une caloge et qui servait de toilettes publiques. Faidherbe s'excusa et disparut dans le bâtiment.

Quand il ressortit, agitant ses mains dans l'air frais pour finir de les sécher, Lalouette lui tournait le dos, appuyé contre la rambarde de la promenade, les pans flottants de sa veste soulevés au gré du vent comme les ailes d'un oisillon dans l'hésitation d'un premier envol. Il avait posé à côté de lui le sac vert de Bricotout qui contenait l'agrafeuse-cloueuse. Le plastique vibrait furieusement au vent. Faidherbe pensa que le journaliste ne reculerait devant rien pour faire frissonner ses lecteurs : les explications sur le *modus operandi* du meurtre seraient détaillées avec images à l'appui, prises sur un mannequin du commerce, probablement.

Hugues Lalouette regardait au loin en direction de la falaise d'amont, silencieux pour une fois. Le commissaire le savait capable de parler à haute voix tout seul car l'homme était en représentation permanente et son meilleur public. Faidherbe hésita entre le désir de recouvrer sa tranquillité de penser en se séparant de cet énergumène et la tentation de rencontrer Maurice Leroux. Il décida que l'enquête ne piétinerait pas davantage s'il passait une heure ou deux avec ce monument de la littérature nationale, comme il y était invité. De toute façon, les vérifications d'usage sont en cours, pensa-t-il. Avant que Perchet ne les communique, il n'aurait rien de sûr. Il choisit de continuer son errance dans Etretat dans la compagnie voyante de Lalouette. Celui-ci ne l'avait pas entendu approcher. Faidherbe regarda dans la même direction : il n'y avait rien à voir sinon le spectacle rassurant des falaises blanches, murailles de calcaire et de silex, indestructibles, éternelles aux yeux du commun des mortels, remparts en apparence inexpugnables contre la mer et le temps. On devinait, à quelques points noirs qui se déplaçaient, des promeneurs pélerins qui montaient vers la chapelle de Notre-Dame-de-la-Garde.

– Pensez-vous que votre oncle me recevrait tout de suite ?

Lalouette le regarda une seconde comme s'il avait oublié, puis avec un grand sourire, tendit la main vers lui comme pour l'arrêter.

– Vous permettez, c'est pour vous présenter à nos lecteurs.

Il fit quelques pas en arrière, tenant devant lui un petit appareil photo. Le flash partit. Il se déplaça sur le côté. Nouvel éclair dans les prunelles de Faidherbe qui cligna des yeux et recula. Lalouette était déjà ailleurs pour un nouveau cadrage, presque accroupi cette fois-ci. Il revint vers le commissaire en tendant le dos de l'appareil.

– Regardez si les prises vous conviennent. C'est l'avantage avec ces numériques, on peut se faire tirer le portrait indéfiniment, gratis et instantanément, et effacer ce qui ne plaît pas. Ce n'est pas vrai de tout dans la vie, hélas.

Faidherbe vit défiler sa tête, son buste et sa silhouette, sur un écran de la taille d'une diapositive. Il fit une grimace : il ne se trouvait pas photogénique et jamais il n'avait été aussi roux, minuscule, ridicule. Comme il ne tenait pas à une deuxième séance, il ne dit rien.

– ML a fini sa sieste à l'heure qu'il est, je vous y emmène.

Ils rebroussèrent chemin et descendirent sur la droite avant les escaliers principaux. En deux ruelles ils furent devant le *Connemara*. Lalouette héla et salua d'un grand geste Quenail, qui, désœuvré à cette heure-là, était plongé, debout derrière son bar, dans la lecture du journal. Deux hommes âgés faisaient une partie de dominos. Faidherbe projeta de faire bientôt un arrêt au pub pour tâter l'atmosphère.

Il fallait dépasser la propriété du maître en longeant son mur de briques puis revenir sur ses pas en traversant un parc en pente douce, planté de quelques hêtres séculaires et d'un séquoia très exotique, entre lesquels des statues mutilées à l'antique semblaient jouer à cache-cache, avant d'atteindre une belle villa en briques et colombages à laquelle des bow-windows donnaient un cachet victorien. Le soleil pâle qui se reflétait sur les vitres empêchait de rien voir à l'intérieur. Ils gravirent les quatre marches du perron qui donnait accès à la porte sur la façade est et Hugues Lalouette pressa le bouton de cuivre de la sonnette.

Faidherbe entr'aperçut une petite silhouette sombre.

– Nanny, mon oncle est-il réveillé ? demanda Lalouette qui entra sans attendre de réponse.

Faidherbe le suivit. La silhouette avait disparu. Il régnait dans la maison une odeur forte de biscuit moisi et d'urine de chat. Le vestibule restait dans l'obscurité et Faidherbe, son chapeau à la main, en passant devant le vestiaire, accrocha involontairement avec la patte de la manche de son imperméable la poignée d'un parapluie qu'il rattrapa au vol. Il jaillit du pépin une enveloppe dont le commissaire se saisit et qu'il empocha par réflexe professionnel.

Ils pénétrèrent dans un salon à peine moins sombre. Des rideaux épais occultaient presque entièrement le vitrage des bow-windows. Ils passèrent devant un bureau Empire où trois machines à écrire étaient disposées en éventail, garnies de feuilles blanches.

Dans un fauteuil Voltaire, un petit homme sec, au rares cheveux blancs et longs, les observait approcher de son œil fixe et brillant. Le grand écrivain ressemblait à un poussin de vautour, déplumé et borgne.

Maurice Leroux était devenu romancier à son retour du camp de prisonniers où il avait perdu un œil dans une bagarre avec un Polonais. Il avait connu ses décennies de succès et de gloire pendant la guerre froide avec des romans d'espionnage pleins des tourments et des ambiguïtés de son époque, auxquels les critiques reconnaissaient de réelles qualités littéraires, plutôt rares dans le genre, que l'on s'arrachait à leur sortie. Après la chute du mur de Berlin et l'âge venant, son inspiration s'était tarie. Sa notoriété, quoiqu'un peu fanée auprès des jeunes générations, en faisait la gloire vivante la plus fameuse à

Etretat. Enfant, il y passait les vacances avec sa mère dans un deux-pièces que ses parents louaient à l'habitant toute la saison estivale. Il avait quitté Paris dans les années 60 en achetant l'*Atalante*, sa villa d'Etretat, pour résister aux tourbillons de la vie mondaine dans laquelle le succès le précipitait. La réédition régulière de ses plus grands titres dans des éditions de poche, la gestion des droits des adaptations cinématographiques et son avarice proverbiale le mettaient à l'abri du besoin pour des siècles. Manifestement, il ne vivrait pas aussi longtemps.

– Mon oncle, je vous présente le commissaire Faidherbe, qui enquête sur notre petit assassinat municipal, lança Lalouette avec une emphase ironique.

– Je suis très honoré de votre visite, commissaire, murmura le vieillard, en tendant une main frêle, mais excusez-moi si je ne peux me lever pour vous saluer : mes genoux me trahissent.

Et, s'adressant à son neveu, il ajouta sur un ton plutôt autoritaire :

– C'est bien gentil à toi Hugues de m'avoir amené notre commissaire, je t'en suis très reconnaissant. Tu peux nous laisser maintenant.

Lalouette s'éclipsa. Faidherbe remarqua du coin de l'œil qu'il fourrageait furtivement dans une soupière en faïence de Rouen sans couvercle qui ornait un chiffonnier près de la porte par laquelle il sortait et en tirait une enveloppe.

– Encore une… c'est un échange, pensa le commissaire.

Le journaliste avait à peine tourné les talons que l'oncle se plaignit :

– Je ne supporte pas l'eau de toilette dont mon neveu s'arrose. Ça pue la cocotte des années 20. Où a-t-il trouvé ça ? Et vous avez remarqué sa tenue ? Quel mauvais goût ! J'en ai honte. Mais il est serviable ; que ne ferait-il pour son vieil oncle ? Serviable jusqu'à la servilité : l'héritage, cher commissaire, l'héritage... Et justement, je vous ai fait venir jusqu'ici parce que j'ai un gros souci. Ne croyez pas que je m'intéresse aux faits divers : la mort de la petite serveuse de bar me navre mais je n'y peux rien et vous saurez bien élucider sans moi cette affaire sans doute sordidement banale. Mon neveu a plus ou moins essayé de fricoter avec elle, ça n'a pas marché, Dieu merci. Il n'a aucune décence : une serveuse de trente ans... Et demain, pourquoi pas une vieille catin cupide ? Comme s'il ne pouvait pas se contenter de jeunesses romanesques, sentimentales et écervelées ? Je suis célibataire parce que je connais les femmes : passé vingt-cinq ans, elles ne pensent qu'à l'argent.

Il sembla à Faidherbe que le vieillard prenait des forces au fur et à mesure que sa parole s'animait. D'ailleurs, il se dressa de son fauteuil et se mit à arpenter le salon. La faiblesse du vieillard se révélait une comédie à l'intention du neveu. Faidherbe y vit avec un certain émerveillement une image moderne de la métamorphose soudaine du débile cardinal Felice Peretti en Sixte Quint tyrannique.

– Je me suis dit qu'un homme comme vous pourrait certainement m'aider.

– Maître, c'est beaucoup d'honneur que vous me faites en pensant cela, répondit Faidherbe avec une humilité sincère.

– Si, si, je connais les hommes aussi, et je sens votre valeur.

– Toutefois, bien que je sois un de vos admirateurs et que j'aie lu certains de vos ouvrages, je ne me crois pas assez versé en littérature pour apporter mon aide à un écrivain de votre talent, insista le commissaire. Un petit peu dans le fonctionnement de la police, peut-être, et encore, je suis dépassé par les changements et la modernité, à trois ans de la retraite.

– Mais, il ne s'agit pas de littérature ! s'exclama Leroux avec une vigueur inattendue d'un gosier aussi mince et fripé. C'est fini, tout ça, et depuis longtemps.

Il alla se planter derrière le bureau.

– Regardez ma Japy, mon Hermès et mon Olympia, dit-il en montrant les machines à écrire. Elles sont poussiéreuses. Je n'en tire plus une ligne, moi qui avais sur le feu trois romans à la fois à la bonne époque. Je les garde pour donner un peu de grain à moudre aux échotiers et aux étudiants qui veulent écrire quelques lignes sur le grand écrivain retiré en Normandie. Quelle foutaise ! C'était un coup de tête, une grande bêtise orgueilleuse que rétrospectivement je regrette. J'aurais dû écouter Marc-Aurèle ; je vous le cite en français, car, bien sûr, vous avez oublié votre grec dans la police : « Des retraites, les gens s'en cherchent à la campagne, au bord de la mer, à la montagne… Mais tout cela est l'effet de l'ignorance puisqu'on peut, à toute heure, se retirer en soi-même. » Etretat est un trou. Que dis-je ? une tombe ! N'en déplaise aux jobards. Ajoutez que mon père était toqué de Maupassant et se piquait d'être voisin de cabine de Leblanc. Dans un élan de sentimentalisme crétin, je suis venu m'enterrer ici… Paris me manque désormais, la jeunesse aussi. Pas l'écriture. Je n'écris plus. Je ne suis plus écrivain. Je suis vieux. Je ne voudrais pas abîmer définitivement le seul œil qui me reste à déchiffrer ce que je frapperais.

Il dit cela avec le ricanement de quelqu'un qui vient de jouer un mauvais tour. Faidherbe se demanda qui ces paroles amères visaient.

– Mais alors, en quoi puis-je vous être utile, maître ? demanda le commissaire avec surprise.

– Je regarde l'avenir en face avec lucidité ; c'est pourquoi j'ai rédigé, il y a quelque temps déjà, un testament manuscrit. Or il a disparu, plus exactement, je n'arrive pas à savoir si j'ai oublié où je l'ai déposé – car j'ai quelques absences de mémoire quelquefois, je le confesse volontiers –, ou s'il m'a été dérobé.

– Il suffirait d'en écrire un autre devant notaire et vous seriez rassuré, suggéra Faidherbe.

Le petit homme s'approcha si près du commissaire qu'il sembla vouloir le percer de son œil vif.

– Je ne veux que personne, vous m'entendez, personne n'ait connaissance de ce testament avant ma mort. Il s'agit de sommes colossales. Je suis devenu très riche, je ne supporterai pas que tout mon argent s'éparpille, soit dilapidé, qu'il échappe à mon contrôle après ma mort. Je veux exercer une influence posthume, or je ne compte pas sur la littérature pour cela, expliqua-t-il avec exaltation.

– Donnez-le sous pli fermé et cacheté.

– On pourrait lui substituer une feuille blanche.

– Il ne faut pas être à ce point méfiant et faire confiance à votre notaire qui ne s'en défera pas, finit par dire le commissaire que cette conversation avec un ex-grand écrivain décevait et ennuyait par sa mesquinerie.

– Le problème n'est pas encore là : c'est que je veux faire disparaître l'ancien testament car mes volontés ont changé et je ne tolèrerais pas qu'on les contestât sous prétexte qu'on pût en produire d'anciennes.

– Franchement, Maître, vous me trouvez désarmé pour vous être d'un secours quelconque.

– Pas du tout.

Le vieillard prit le commissaire par le bras et l'attira près d'une fenêtre.

– Vous pouvez certainement trouver une raison pour ordonner une perquisition complète de cette maison, le parc compris, et retrouver pour moi ce testament ! Je vous fais confiance.

Le commissaire était tellement éberlué qu'il resta sans voix. Le grand écrivain avait perdu le sens des réalités, il se sentait au-dessus des lois qui, comme il le croyait désormais, n'étaient pas sérieusement votées pour les gens extraordinaires comme lui. Faidherbe fit un écart pour se détacher doucement de l'emprise du vieil homme et, dans son mouvement, renversa un objet qui tomba bruyamment par terre. Il s'empressa de redresser à tâtons dans la pénombre une lourde tige de métal.

– Je suis désolé, j'espère que je n'ai rien abîmé de précieux, s'excusa-t-il.

– Ne vous inquiétez pas. Cela me donnera l'occasion de vous montrer ma marotte. Je suppose que vous apprécierez ; avec votre métier, vous devez être un connaisseur.

Maurice Leroux ouvrit les rideaux et une fenêtre, laissant entrer la lumière et l'air dans la pièce. Il alla vers un meuble et revint les bras chargés d'une arme à feu ancienne qui paraissait peser autant que lui.

– C'est un mousquet du XVIIe siècle, authentique, en parfait état de marche et chargé, un de ceux qu'utilisaient les mousquetaires de Louis XIV. Le vrai d'Artagnan aurait pu s'en servir, précisa-t-il, tout en posant le canon de l'arme sur le support en forme de « u » qui terminait la tige métallique que Faidherbe avait heurtée. Si j'avais deviné que cela vous intéressât, j'aurais commandé une statue neuve.

Le commissaire regarda dans le parc au-delà de la ligne de mire et aperçut dans l'axe de tir une statue de Diane à laquelle manquaient la tête et la main droite, celle qui prend la flèche dans le carquois. Un fracas assourdissant et une fumée nauséabonde le rendirent soudain sourd, aveugle et asphyxié. Le petit homme lui tapait dans le dos pendant qu'il toussait.

– Remettez-vous, commissaire, je pensais que les stands de tir de la police vous avaient vacciné. Peuh ! les armes à feu d'aujourd'hui sont des engins de mauviette sans panache.

La fumée se dissipa.

– Voyons un peu le résultat, reprit Leroux. « Invincible, Artémis épouvante les bois », écrit Hérédia. Pas mal, encore plus belle, plus inquiétante comme ça. Je n'ai qu'un œil, mais sapristi, il est encore bon !

Dans le parc, le bras gauche de Diane, la main posée sur la tête d'un brocard, venait d'être sectionné à la hauteur du coude.

– Quand vous reviendrez me voir, je vous en ferai tirer une. Dieu ou déesse, vous avez une préférence comme iconoclaste ?

– J'y réfléchirai, répondit Faidherbe, encore sous le choc et pressé de prendre congé.

En quittant Maurice Leroux, il laissa son chapeau sur la chaise où il l'avait posé, tâta dans sa poche l'enveloppe qu'il y avait subrepticement glissée dans l'entrée. Une fois dehors il l'ouvrit ; elle dissimulait un sachet en plastique transparent et résistant. Dans le fond, une poudre blanche. Le commissaire en prit une pincée, la goûta du bout de la langue : cocaïne. Voilà comment le petit neveu prenait soin de son grand-tonton flingueur.

Faidherbe entra de nouveau, sans sonner, ne laissa pas le temps à la gouvernante de réagir, marmonna « chapeau », revint dans le salon. Maurice Leroux lui tournait le dos, absorbé par le nettoyage minutieux de sa pétoire historique. Nanny n'avait pas reparu. Le policier reprit son chapeau et dans le vestibule remit l'enveloppe à sa place, dans le parapluie.

Il pressa le pas à peine sorti et s'assura par des regards furtifs derrière lui que Lalouette ne le suivait pas. Sans doute le journaliste avait-il regagné sa chambre, dans les combles de la maison du vieil oncle, où il devait préparer un article bien senti pour la prochaine édition de *L'Echo*. Avec un peu de chance il s'était endormi dessus… Faidherbe décida d'aller se rincer la langue au *Connemara*. Décidément sa vision des choses se complexifiait. Une conversation sur le terrain avec Justin Quenail s'imposait, une bonne rousse irlandaise aussi. L'enquête se corsait. Il avait besoin de se rafraîchir les idées.

CHAPITRE 4

Vol au vent de Chrysler blanche sur lit de galets

C'est à proximité du *Connemara* que Faidherbe changea brusquement d'avis. Il avait pourtant soif de bière et d'informations. Seulement, il crut reconnaître la silhouette longiligne et pied-de-poule de Lalouette qui passait la porte du pub. Ses hypothèses s'avéraient fausses et le journaliste, en avance sur lui, avait sans doute eu besoin d'un nectar irlandais pour inspirer son esprit de grand reporter. Il bifurqua donc mécaniquement dans une rue perpendiculaire afin d'éviter de passer devant l'établissement de Quenail. Il erra un moment en ville, tourna en son centre. Le vent s'était calmé, c'était devenu une brise encore un peu fraîche mais prometteuse. Le soleil avait fait son apparition et laissait présager une fin d'après-midi agréable, une de ces parenthèses printanières que le climat normand concède avec parcimonie entre deux ondées. Mécaniquement il emboîta le pas d'une jeune femme, la seule passante de cette rue qui conduisait à la plage. Il songea à l'individu qui avait pu suivre ainsi Annabelle Tourte le soir de sa disparition.

Peut-être avait-elle tout simplement rejoint son meurtrier, sur la falaise d'aval, par une de ces douces soirées... Etait-ce le regard meurtrier de Justin Quenail que ses prunelles avaient fixé avant de s'éteindre ? Comment la querelle d'amoureux avait-elle pu virer au bricolage macabre ? Acharnement d'amant jaloux qui aurait poussé le crime jusqu'à enfoncer le clou de sa colère dans le bulbe rachidien de sa victime ? Le sacrifice final avait-il eu lieu dans la Chambre des Demoiselles, sous les auspices légendaires des trois sœurs dont les âmes hantaient les lieux, les pieds de la serveuse meurtris par les tessons de bouteilles de Kronenbourg, son souffle mourant dans les relents d'urine et l'humidité âcre de la craie ? On imaginait mal néanmoins Justin Quenail gravissant le chemin de la falaise armé de sa cloueuse, tenant en joue sa dulcinée éplorée, le tout éclairé par une lune blafarde alors que les vagues battaient rageusement les contreforts calcaires… Non. C'était du grand-guignol gothique, incompatible avec la blancheur immaculée des falaises normandes et les traditions criminelles locales.

Perdu dans ses pensées, Faidherbe allait traverser la rue Monge quand un avertisseur le fit sursauter. Il n'eut que le temps d'entrevoir une longue tôle blanche qui manqua de peu son abdomen rebondi et qu'il reconnut comme étant celle d'un modèle Chrysler des années 60 ou 70, une Impérial, profil anguleux, large croupe aiguisée et capote noire. Il vit la voiture tourner à gauche vers Fécamp au bout de la rue Monge, dans un hurlement de freins. Le chauffeur n'avait pas marqué le moindre stop. Faidherbe regretta ses jeunes années d'agent de la circulation quand il aurait verbalisé ce chauffard par trop nerveux.

Il continua vers la plage où, se disait-il, marcher sur la piste des derniers instants d'Annabelle Tourte l'inspirerait peut-être. Dans sa jeunesse, il avait souvent entrevu la lumière au milieu des affaires les plus sombres en suivant simplement les ultimes pas d'une victime. La géographie des lieux, la géologie même du terrain, l'occupation végétale, le mobilier urbain, les regards éventuels des habitations sur la scène du crime écartaient les fausses pistes, cernaient les probabilités.

Au débouché de la rue, il contempla la falaise d'aval éclairée par un soleil oblique et, songeur, crut voir un instant se dessiner sur la fameuse porte de calcaire la poignée verdâtre de la cloueuse. Après cette affaire, la non moins célèbre « Aiguille » qui émergeait derrière serait désormais nommée « le Clou d'Etretat »... Sponsorisées par l'enseigne *Bricotout* et la marque anglo-japonaise *Block et Becker* – à chacun son bout de falaise en lettres de néon – les finances de la ville avaient de beaux jours devant elles. Pourquoi ne pas fixer ces fragiles morceaux du plateau étretatais au socle normand par des clous géants inoxydables ? C'était la solution inédite pour pérenniser le site jusqu'à la fin des temps. Voilà du tout cuit pour la prose de Lalouette se disait Faidherbe qui empruntait de nouveau la terrasse afin de se diriger vers le chemin des douaniers. Il s'était décidé pour sa part à ne pas rester cloué au pied de la falaise et se prépara à en affronter l'ascension : sa brioche de quinquagénaire devenait un danger réel pour sa santé vu qu'il venait d'en risquer l'ablation en traversant une rue.

Il n'avait encore gravi qu'une partie du chemin des douaniers qu'il s'octroya une première pose au niveau d'une plate-forme, au-dessus d'un blockhaus lové au pied de la falaise. On découvrait de là toute la longueur de la plage jusqu'à l'amont, un panorama historique de l'architecture de la cité balnéaire, des caloges restaurées pour les touristes aux cubes d'habitations modernes du bout de la terrasse. Un outrage de plus au front de mer normand après la Seconde Guerre mondiale. Entre ces deux extrémités, la ville de briques et de pierres aux toits d'ardoise tentait péniblement d'atteindre la mer, arrêtée par des baraques de plexiglas pour moules frites et la masse blanchâtre aux traits anguleux du casino.

Un groupe scolaire le tira de sa contemplation. Les élèves descendaient en colonne du sommet de la falaise, menés par un enseignant qui commentait les environs à grand renfort de gestes à des adolescents manifestement plus occupés à lorgner leur compagnon de marche, à s'échanger des disques piratés de sacs en sacs ou simplement à parcourir les derniers mètres de leur promenade en braillant à tue-tête des gauloiseries. L'oreille de Faidherbe comprit qu'il s'agissait d'un mélange franco-italien, de quelque jumelage en vadrouille. Il laissa passer le groupe en s'amusant à deviner lesquels de ces collégiens devaient être Français ou Italiens.

Une enseignante fermait la colonne. Elle paraissait épuisée, au bout du rouleau après une marche forcée vers les hauts plateaux cauchois. La tête baissée dans la position d'un cycliste en roue libre, son corps sanglé dans un imperméable noir qui montrait peu ses jambes, elle semblait plutôt glisser que marcher. Entraînée par la descente, comme en pilotage automatique, elle visait un objectif que son programmateur de bord ne devait plus connaître. Faidherbe se leva pour une éventuelle réception en catastrophe car sa trajectoire la menait droit sur lui. Mais à une dizaine de mètres de l'arrivée, elle s'assit dans un nuage de terre, ultime alternative à la chute. Faidherbe vint à son secours. Elle se relevait déjà. Il la vit alors ramasser un objet dans le bas-côté herbeux et cabossé du chemin. Faidherbe s'approcha. Elle tenait une petite paire de jumelles.

– Ma… séré-ce à oune dé mé éléves… ? Ma pét-être… se demandait-elle en voyant venir Faidherbe qui comprit que le propos étant tenu en français, la question s'adressait aussi à lui.

– Je ne sais pas, chère madame, mais j'ai vu passer le groupe et n'ai rien remarqué. Si vous permettez…

Faidherbe examina les jumelles et constata que pour un modèle de petit format – type jumelles de théâtre – elles étaient de qualité, et d'une marque française, ce qui ne gâchait rien.

Les initiales « L.L. » étaient gravées sur l'un des bois de lunette, certainement dessinées au canif.

– Yé vais prévenir lé éléves pour leur demander, enchaîna la femme qui poursuivit le groupe, déjà bien avancé, les hélant en italien.

Elle avait oublié les jumelles dans les mains de Faidherbe.

Il les porta à ses yeux. La falaise d'amont sous le soleil présentait à cette heure l'un de ses plus beaux profils. Il balaya son flanc jusqu'à la flèche de béton d'un monument dédié à la mémoire d'aviateurs disparus. Son regard descendit en contrebas du monument où s'étendait le parking du musée dont une partie était cachée par une petite chapelle. A cette heure, la place était vide sur la partie visible jusqu'à ce qu'une voiture blanche qu'il reconnut comme étant la Chrysler de la rue Monge apparût. Ses vitres étincelaient au soleil. Elle descendit en direction de la chapelle puis s'arrêta un instant sur sa droite après avoir viré brutalement, l'avant regardant la mer. C'est-à-dire à l'opposé de la route pour redescendre en direction du village.

Un bref instant après, elle repartit en accélérant considérablement. Elle était même comme propulsée et Faidherbe songea alors à toutes ces boules de flipper qu'il avait lancées dans des cafés quelconques, attendant des heures le retour d'un membre de la famille présidentielle en virée secrète… Le véhicule poursuivait son trajet rectiligne, semblant accélérer davantage, au point qu'il avait peine à le suivre dans l'objectif des jumelles. Puis la Chrysler fut prise de soubresauts sur une courte distance. Elle avait dû quitter toute voie carrossable maintenant et après avoir laissé la chapelle derrière elle en un dernier salut, le policier constata, médusé, que la longue silhouette blanche se découpait à présent toute entière sur un fond de magnifique ciel bleu. Il crut même apercevoir une mouette virevolter autour du véhicule en pleine sustentation. Dans la pleine lumière de l'azur, la carlingue prit une teinte argentée : un décollage parfait.

Figeons un instant dans l'espace semé de mouettes cette rarissime envolée automobile et prêtons attention aux hypothèses qui se présentèrent à l'esprit de Faidherbe : l'agent S.O.S. 017 existait bel et bien et cet engin allait bientôt déployer de magnifiques ailes high-tech afin que notre héros échappe encore aux sombres projets de la Pieuvre soviético-asiatique… A moins qu'un effet d'optique malicieux, mirage dûment signalé dans les guides touristiques, ne privât l'observateur d'une partie existante de la falaise d'amont… Ou, plus simplement, ces jumelles remplissaient leur rôle : rendre une parfaite illusion théâtrale… C'était pour de faux que la Chrysler planait maintenant, les roues brassant l'air, une mouette blanche, dite « sénateur », posée fièrement à l'extrémité du capot.

Mais Faidherbe baissait à peine ses jumelles qu'il constata à l'œil nu que le véhicule obéissait désespérément aux lois de la pesanteur. Il suivit donc la précipitation d'un objet blanc de taille conséquente qui dessina dans l'espace une parfaite arche éphémère le long de la falaise d'amont. Cela dura trois ou quatre secondes.

Au contact de la dalle océanique le choc fut terrible. Un « clac » terriblement amplifié, une onde métallique et sèche qui fut même bissée par la falaise d'aval. Ce bouquet final fut alors applaudi et salué dans les deux langues par tous les élèves qui, devant Faidherbe, avaient assisté au même spectacle, le grossissement visuel en moins : « Ouais ! Bravissimo ! Grave ! ».

L'acclamation franco-italienne sortit Faidherbe de l'abîme d'incrédulité où il était tombé. Il porta de nouveau les jumelles à ses yeux, en un geste martial, à la fois rigide et lent. Les jumelles confèrent à celui qui les porte cette distance salutaire durant la contemplation des désastres, qu'ils soient militaires ou civils : les yeux collent au drame mais le corps est sauf.

Alors pas d'affolement. Il ne vit qu'une mince colonne de fumée s'élever au niveau de la dalle de rochers, au pied de la falaise.

– Bien, dit-il. Il se mit en route vers le lieu de l'impact en passant à travers le groupe scolaire qui palabrait vivement. Tout excités par l'événement, des élèves décrivaient avec le bras la chute parfaite de la Chrysler. Bon sujet de physique pensa-t-il. Il entendit au passage l'enseignant français expliquer à sa collègue combien les bas de falaises étaient jonchées dans la région de carcasses de voitures... Faidherbe entrevit un instant l'image d'un alignement ininterrompu de véhicules le nez dans les galets, du Havre au Tréport, ce qui lui rappela une œuvre d'art célèbre, quelque part, lui semblait-il, dans un désert américain.

– C'est à vous, monsieur ? demanda-t-il en montrant les jumelles à l'enseignant quand il le croisa. La réponse fut négative. Faidherbe remisa la double lorgnette dans sa poche.

– Si vous avez un portable, vous serez gentil d'appeler des secours, pour des soins post-mortem de préférence. Prévenez aussi la police, dites que vous appelez de la part du commissaire Faidherbe.

Il descendit les quelques marches qui menaient sur la grève.

Il dut parcourir péniblement sur les galets le trajet qui le séparait du panache de fumée. Des élèves le suivirent au début, désobéissant aux rappels de leurs professeurs. Après l'avoir accompagné sur quelques mètres, ils revinrent cependant vers leurs maîtres comme un vol d'étourneaux. La mer avait baissé depuis leur promenade avec Lalouette. La voiture avait donc heurté des rochers découverts par la marée. Cela laissait un peu de temps d'investigation sur le véhicule avant qu'il ne soit immergé. Que la Chrysler se muât en aéroplane passait encore, mais en sous-marin…

Faidherbe parvint enfin en vue de la carcasse mais il fallait encore passer dans des rochers glissants, coupants par endroits comme des lames de rasoir. Ils achevèrent les vieilles Weston du commissaire qui commençaient à sérieusement prendre l'eau. Il regretta son ascension interrompue : c'était sans doute plus difficile encore à plat. Plus coûteux aussi. Enfin, il approcha du véhicule qu'il découvrit d'un surplomb, qui n'était autre qu'une énorme mine flottante éventrée devenue niche à fruits de mer. Il observa d'abord de là le résultat du bref envol de la Chrysler. La voiture avait piqué du capot dans les rochers. Son avant était donc devenu une indistincte compression d'où s'écoulaient super et huile dans l'eau de mer stagnante. Il avança : le corps du conducteur était affaissé sur ce qui restait du tableau de bord, sa tête introduite dans le volant dont l'axe émergeait au milieu du crâne. Inutile d'espérer la moindre impression sur son baptême de l'air. Le commissaire n'en demanda pas plus à la victime, préférant confier au médecin légiste ce genre d'interrogatoire.

L'ensemble fumait encore vaguement : pas d'explosion comme dans les séries B. La belle américaine s'était sagement fichée tout droit dans le sol marin, d'un coup sec. Elle dressait son arrière vers le ciel, le coffre ouvert. Comme dans les alignements américains pensa Faidherbe, qui examinait le véhicule. Il porta un coup d'œil circulaire à ses alentours proches. Il crut d'abord que des plaques de varech parsemaient les rochers mais, à y regarder de plus près, il comprit qu'il s'agissait de fragments de plastique rigide vert mêlés à des bouts de ferraille. Il en avisa un plus gros élément et reconnut le logo de *Block et Becker*. La Chrysler avait craché des dizaines de cloueuses au moment du choc… Faidherbe soupira : non contente de s'embrouiller, cette affaire commençait à s'éparpiller dans tous les sens. Il prit de nouveau les jumelles pour observer cette fois le point de décollage du véhicule au bord de la falaise. Son regard longeait la bordure herbeuse sous laquelle bavaient les coulées d'argile lorsqu'il s'arrêta sur une forme ronde qui gigotait : c'était la tête de Lalouette.

La voie était libre, il pourrait désormais rassembler ses idées au pub de Quenail…

CHAPITRE 5

La mouette n'est pas rieuse, c'est là son moindre défaut

Le lendemain, le commissaire s'était levé à cinq heures, comme à son habitude. Pourtant la soirée avait été longue en nettoyage de plage. Il avait fallu ramasser tous les morceaux avant la marée montante. Ça avait fait beaucoup de monde sur la grève pour une soirée hors saison. Pas dans le genre feu de camp. Faidherbe était rentré sur Le Havre dans la nuit. Le manque de sommeil le rendait un peu nauséeux.

De l'autre côté du miroir, il regardait avec un étonnement teinté de dépit l'étranger qui lui faisait face en grimaçant, le menton enduit de savon. Ça lui arrivait de temps en temps. Au lieu de se raser machinalement sans penser à autre chose qu'au geste, il s'observait un instant sans pouvoir se reconnaître absolument dans le reflet de lui-même. Il se croyait plus jeune, moins flétri, plus neuf pour tout. Il fallait pourtant se rendre à l'évidence. Cette tête-là, chiffonnée de son bref sommeil, c'était bien lui. Il pensa : « Et le meurtrier de la jeune Tourte, quand il se rase, comment se voit-il ? Est-ce qu'il se reconnaît en assassin ? » Il plaquait le Bic jetable sur sa joue quand l'image du conducteur de la Chrysler, cloué à la tige métallique du volant, passa devant ses yeux. Il ne savait rien de lui. Perchet, son adjoint, lui donnerait les informations aussitôt qu'il aurait été identifié. Sans doute dans la matinée. Dès que son domicile serait connu, la brigade du Havre allait s'employer à le perquisitionner. Nul doute qu'on n'y retrouverait aucune facture pour la trentaine de cloueuses qui s'entassaient dans son coffre. En voilà un qui ne se raserait plus et qu'un miroir ne décevrait pas. C'était peut-être lui, l'assassin. Pas beau à voir, comme sa victime. C'était peut-être ça. Il n'avait pas pu supporter cette métamorphose monstrueuse. Cœur sensible sans visage.

Le téléphone sonna. Faidherbe se coupa. En grommelant il alla décrocher dans la salle qui donnait vue sur la plage du Havre. L'éclairage public avait du mal à percer le brouillard d'une aube grisâtre. Que lui réservait une journée déjà maussade ? C'était Etrela, un jeune inspecteur de permanence de nuit, doux et déférent.

– Commandant, j'ai eu un appel de la gendarmerie. Il y a du nouveau à Etretat. Un cadavre, un homme, un assassinat avec mise en scène, paraît-il.

Le jeune policier osa ajouter une remarque personnelle :

– Etretat... je n'aurais jamais cru ça.

– Eh oui, il y a de l'animation sur les galets cette semaine… Un véritable festival. Je t'offre une place gratuite, aujourd'hui, si ta nuit ne t'a pas suffi.

Silence au bout du fil. Faidherbe enchaîna :

– Qu'on ne touche à rien sans moi ! Envoie-moi une voiture, j'y vais directement. Appelle Perchet, qu'il aille tout de suite à la pêche aux informations concernant le fou du volant dans sa drôle de machine d'hier soir et qu'il me rejoigne sur le terrain. C'est à quel endroit ?

– Sur la falaise d'amont, à côté du musée des aviateurs, on m'a dit les noms, je ne les retiens pas… ça y est Nungesser et Coli, ou Costes et Bellonte, je confonds toujours. Il paraît qu'on peut y accéder en voiture.

– Je connais l'endroit… il a servi de piste de décollage pas plus tard qu'hier soir.

Faidherbe était allé inspecter la route et les quelques mètres qui la séparaient du bord de falaise alors que les gendarmes et pompiers dépêchés sur le terrain, assistés de quelques autochtones, nettoyaient la plage. Il n'avait rien remarqué, sinon quelques traces de pneus témoignant d'une accélération hors du commun. Lalouette avait disparu, un gendarme envoyé chez l'oncle était revenu seul : Faidherbe avait-il été le jouet d'une persistance rétinienne grossie par l'objectif des jumelles ?

Il était aussi allé faire un tour du côté du musée, histoire de voir les choses d'en haut. Rien à voir pourtant. Le meurtrier avait agi dans la nuit, pas inquiet qu'on le dérange : la maréchaussée avait eu fort à faire dans la soirée. En tout cas, cette découverte matinale allait certainement disculper du meurtre d'Annabelle l'aviateur amateur.

Le chauffeur connaissait l'emplacement du nouveau crime.

– J'y suis allé plusieurs fois cet été avec les gosses, il y a un parc de jeux dans le coin.

– Effectivement, on sait s'amuser dans les environs, ricana Faidherbe.

Sur place, le brouillard du matin s'était à peine levé, on ne voyait pas la mer. Un groupe d'hommes se tenait autour de ce qui devait être le cadavre sur une sorte d'esplanade en ciment. Le chauffeur se gara sur le parking, entre une flèche monumentale qui honorait la mémoire de

Nungesser et Coli, – le chauffeur confirma – , aviateurs disparus en mer en 1927 en tentant la première traversée Paris-New York, et la chapelle.

Le brouillard étouffait le ressac. Pas la moindre brise ne le dispersait. La matinée serait morne et sans vue. Les hommes s'étaient tus à l'approche du commissaire sauf un qui parlait d'une voix plaintive au gendarme près de lui. Le criaillement aigu d'une mouette survolant la scène, indifférente, perça le silence. Les gendarmes saluèrent. Un homme s'avança tendant la main.

– Maître Simon Heurtot, notaire et adjoint. M. le maire est cloué au lit par une sciatique. Quelle histoire, monsieur le commissaire !

– On sait qui c'est ? demanda Faidherbe.

– Le père Oulbec, Anselme, répondit un gendarme. Ancien marin pêcheur sombré dans l'alcoolisme ; ivresse sur la voie publique, tapage nocturne, insultes aux agents de la force publique, etc.

– Qui l'a trouvé ?

– C'est encore moi, monsieur le commissaire, j'ai pas peur de l'dire. J'ai pas d'chance ces temps-ci.

Faidherbe se tourna vers le petit homme qui venait de répondre ainsi. Il reconnut alors Pierre Eudes, l'agent municipal à la retraite qui avait découvert à l'aplomb de la Grotte des Demoiselles, le corps d'Annabelle Tourte. Il ne put cacher son étonnement.

– Encore vous !

– Comme vous voyez, monsieur le commissaire. J'ai pas peur de l'dire : je suis insom'iaque.

– Insomniaque ? corrigea machinalement Faidherbe, ne voyant pas le rapport avec le cadavre.

– C'est ça, insom'iaque. Alors, quand je peux p'us dormir, je m'promène. A basse mer, je vais à la rocaille au pied des falaises. C'est comme ça que j'ai trouvé la p'tite Tourte. Quand la mer est haute, je monte sur les falaises, aval, amont, ça dépend et je ramasse des herbes pour mes lapins. Ce matin, pas de chance, c'était brouillard, donc falaise forcément, j'ai pris amont au p'tit bonheur et j'ai trouvé le père Oulbec ici, sur l'avion, salement arrangé.

– L'avion ? reprit Faidherbe.

– Ben oui, nous avons les pieds ici sur la silhouette en ciment de l'avion des aviateurs, *L'Oiseau blanc* qu'i s'appelait. Constatez, ajouta le bonhomme Eudes en faisant un mouvement du bras pour dessiner dans l'air la forme de la terrasse de ciment sur laquelle ils étaient tous debout, sauf le mort.

Le policier embrassa du regard l'aire. La veille, il n'avait pas prêté attention à sa forme. Il y reconnut effectivement un aéroplane dont le cockpit était occupé par une silhouette allongée, dissimulée sous une couverture de survie.

Il fallait en arriver là. C'était l'aspect détestable du métier pour Faidherbe : faire connaissance avec le cadavre. Il n'avait pas interrompu Pierre Eudes d'abord parce qu'un témoin lancé dans des confidences à chaud peut, même à son insu, livrer un indice intéressant. Parfois le même éprouve ensuite des timidités et des réticences dans les bureaux où on l'a convoqué. C'est alors trop tard. Ensuite et surtout, dans le cas présent, il retardait de quelques minutes le moment où il faudrait regarder la victime en face.

Un goéland fit un passage au-dessus d'eux en poussant un cri comme Faidherbe découvrait le corps. Ce fut un choc. S'il n'y avait pas eu un gendarme à ses côtés pour le retenir, la grande carcasse du commissaire serait tombée de l'avion et se serait, au moins, foulé une cheville. Le visage du père Oulbec était percé de deux trous rouges à la place des yeux. Le policier sentit la nausée l'envahir.

Les arrivées successives des gars du labo, du médecin légiste et du Parquet firent diversion.

– Qu'en pensez-vous, commissaire ? demanda le juge d'instruction. Un maniaque, un pervers, un sataniste ?

– Pas un maniaque, il aurait jeté le corps du haut de la falaise, exactement comme le premier. Ce serait un rituel. Je crois plutôt à un plaisantin cette fois.

– Vous avez un drôle de conception de la plaisanterie.

– Pas moi, l'assassin. La victime placée les bras en croix, les jambes l'une sur l'autre et pour couronner le tout, des clous dans les mains et les pieds. En plus sans doute du clou fatal. Vous ne trouvez pas que c'est de la mise en scène grand-guignolesque ?

– Mais les yeux, Faidherbe, il faut être sacrément givré pour énucléer un homme comme ça.

Le retraité municipal s'immisça dans la conversation.

– Les yeux, c'est un coup des mouettes. Il y en avait une à côté de sa tête quand je suis arrivé par *icitte*.

Le juge s'apprêtait à l'interrompre et à l'écarter quand il vit le signe que lui faisait le commissaire ; il retint son geste.

– J'ai pas compris d'abord qu'il était mort. J'ai cru qu'il s'agissait d'un original de plus qui venait faire l'intéressant sur les falaises ou d'un hurluberlu qui venait prendre un bain d'ondes cosmiques comme on dit dans l'horoscope de *Télé Semaine*. Tenez pas plus tard que samedi dernier, y avait bien un gars qui jouait de la batterie face au soleil couchant. J'vous jure ! Quel raffut ! Sans parler du suicidé d'hier qui s'envoie en l'air dans sa voiture... Pour en revenir au père Oulbec, il l'a pas volé. I'détruisait sournoisement les nids des oiseaux à coups de pierres sous prétexte qu'i's y volaient les maquereaux qu'il avait pas encore pêchés ! Y a une justice. C'était écrit. Je connais même des prophéties sur les œufs : « Qui crève un œuf, se crève un œil » et « Œil pour œuf et sang pour sang ». Pour moi c'est clair, les mouettes se sont vengées.

Le commissaire haussa les épaules et tourna le dos au retraité illuminé et à tout le monde. Il s'écria à l'adresse de son chauffeur.

– Je descends en ville à pied, garez la voiture sur le parking de la plage.

Dans son dos, une voix demanda :

– Vous permettez que je vous accompagne, monsieur le commissaire ?

Faidherbe, fâché d'avoir de la compagnie dans sa faiblesse, sans se retourner lâcha d'un ton neutre :

– Si vous y tenez.

Il s'éloigna à grandes enjambées, péniblement suivi par l'adjoint qui trottinait. Il manqua glisser sur le gravier de la route en pente et ralentit son allure. Cela permit à Heurtot de le rejoindre. Ils cheminèrent quelques minutes sans échanger un mot. L'adjoint voulait engager la conversation et rompit le silence.

– Quelle histoire ! Un deuxième meurtre, un enfant du pays. Ça va faire du tort à la station. Le suicidé, il ne compte pas. C'est comme les accidents, on a l'habitude : les Parisiens lâchés dans la ville avec leurs quat' quat' ils sont comme des *quins fos*. On a l'habitude. Mais des meurtres. La saison est foutue.

Il renâcla comme un cheval autant pour réagir au froid que le brouillard maintenait sur la vallée que pour exprimer sa déception.

Faidherbe marchait, s'appliquant à ne pas réfléchir mais à bien respirer l'air froid et humide qui le nettoierait de sa nausée et de la vision du cadavre.

Ils passèrent devant la grille monumentale d'une propriété aux volets clos qu'on devinait plus qu'on ne la voyait par delà un parc en broussailles. C'était une villa prétentieuse de la fin du dix-neuvième siècle qui se donnait l'allure d'un château Louis XIII. Elle semblait à l'abandon. Son toit d'ardoise très pentu, ses hautes cheminées, ses murs de brique rouge à chaînes de pierre blanche, ses fenêtres tout en hauteur évoquèrent dans l'esprit du commissaire un autre lieu. Il lui revint à la mémoire qu'il avait visité, à une autre époque, la villa de Rodin à Meudon, dans l'escorte de la reine de Hollande en visite privée. La bâtisse avait la même allure dans des proportions plus importantes. C'était un souvenir inattendu, doux et réconfortant. Il eut un regard interrogatif. L'adjoint s'empressa de le renseigner.

– C'était la clinique privée du docteur Frank Epstein : chirurgie esthétique, liposuccion, abus de confiance, captation d'héritage, escroquerie et peut-être revente de produits chimiques illicites, drogue, dopage, que sais-je ? Un énorme scandale. Ça nous a fait du tort. Une clientèle d'élite qui venait de loin. C'est un détective privé parisien qui l'a démasqué. Vous en avez entendu parler, assurément. C'était dans tous les journaux.

– Pas du tout. En quelle année ?

– En 83, je crois.

– A cette époque-là je ne lisais que *Jours de France*, *Point de vue*, *Images du monde* et *Le Canard enchaîné*, pour raisons professionnelles.

– Ah !

C'est tout ce que sut dire l'adjoint, déconcerté et tout au malheur qui frappait sa ville aimée.

Dans le lointain, ils entendirent la sirène d'une ambulance.

Quand ils furent arrivés en bas de la côte, l'édile reprit confiance et proposa :

– Vous visiterez bien notre église qui mêle harmonieusement roman et...

Le policier ne le laissa pas achever :

– Je n'en doute pas, cher maître, je serai même enchanté de vous avoir comme *cicerone* un jour prochain mais, à présent, le devoir m'appelle.

Il prit à droite en direction du centre, l'adjoint toujours sur les talons. A la hauteur de la mairie, Heurtot prit congé :

– Je suis à votre entière disposition, monsieur le commissaire. Il ne faut pas juger sur les apparences. Ces crimes horribles ne peuvent pas être le fait des gens d'ici, simples et honnêtes. Aucun ne voudrait salir sa ville, un des plus beaux sites de France, comme ça. Ce n'est pas possible. Pensez-y, monsieur le commissaire.

Faidherbe le rassura :

– J'y penserai.

Il gagna son quartier général à la *Taverne*. Perchet l'y attendait, il y avait de l'émoi au bar.

CHAPITRE 6

Pierre qui roule n'amasse pas mousse

Dans le restaurant, l'odeur tenace du parfum de Lalouette flottait dans l'air pourtant lourdement chargé de relents de tabac. Il n'était pas sur la falaise tout à l'heure et il n'était plus ici. Etait-ce une stratégie de fuite ou le furet s'était-il lancé sur une piste ? Le commissaire se rappela avoir entendu un véhicule démarrer en trombe et en pétarade dans son dos. Sans doute la flèche noire du journaliste. Où diable allait-il ? A vérifier. Son adjoint venait à sa rencontre pour lui serrer la main. C'était un homme jeune, aussi grand que lui, mais plus carré des épaules et sans bedon. Son allure sportive et la coupe de ses cheveux bruns, ses traits réguliers en faisaient une sorte de Bob Morane de commissariat. Un Bob Morane qui aurait porté des baskets légères, un jean flottant, une chemise noire et veste en daim et aux oreilles, en permanence, un écouteur de téléphone mobile d'un côté, d'iPod de l'autre. Outre son élégance contemporaine, Perchet avait de l'intelligence, de l'opiniâtreté et une certaine malice. De plus, il ne paraissait pas prendre d'emblée les vieux pour des cons. Une qualité rare à présent. Faidherbe appréciait. Sa solidité physique qui semblait inébranlable et ses qualités intellectuelles étaient compensées par une émotivité excessive, une fragilité qui lui donnait parfois un regard de bête aux abois. Le commissaire, que les êtres tout d'une pièce rebutaient, appréciait encore. S'il avait eu un fils, il l'aurait bien vu comme Perchet mais en roux comme lui, bien entendu.

Perchet avait son regard fou, des yeux exorbités qui semblaient vouloir regarder dans toutes les directions à la fois : tentative de maîtriser toute la situation pour en déceler la faille par laquelle fuir ou attaquer.

– Deux cadavres de plus au saut du lit, c'est inattendu, patron.

– Comment ça deux cadavres ?

– On vient d'appeler : Pierre Eudes, celui qui a découvert les cadavres d'Annabelle et d'Anselme Oulbec, vient de se rompre le cou en descendant la falaise.

L'inspecteur Perchet raconta que, d'après les gendarmes, le vieux bonhomme s'était dépêché d'aller réclamer son bock gratuit au *Connemara* dès l'ouverture. Un faux pas dans sa descente hâtive et il s'était cassé la gueule. Chute fatale. Il était bon pour la bière de bois.

– C'est au moins une mort élucidée,

Un peu de cynisme le soulageait de l'accablement qu'il ressentait. La conscience professionnelle reprit bientôt le dessus.

– Qui l'a vu tomber ?

– Un certain Joseph Lacorne, un autre pilier de bistrot, un copain qui montait aux nouvelles.

– Qui d'autre ?

– Je ne sais pas moi, personne, je crois.

– Comment ça, tu ne sais pas ? Comment ça, tu crois ? Tu devrais savoir, s'écria Faidherbe qui cédait à un mouvement d'humeur, fait assez rare chez lui. Il fallait demander. On meurt beaucoup trop ici ces derniers jours : ça finit par être louche. Qui est-ce qui m'a fichu un Perchet pareil ? Tu es policier ce matin encore ou non ? Les gendarmes là-haut n'ont rien vu ?

– M'ont rien dit au téléphone, bougonna Perchet, je les rappelle.

– C'est ça, et briefing à onze heures sur tout ce que tu as glané.

Il tourna le dos à son adjoint. Il était contrarié, déçu plus qu'il ne l'aurait voulu, et en même temps intrigué. Il s'approcha du bar.

Le barman lui trouva un air bizarre.

– Ça va pas, commissaire ?

– Servez-moi un expresso bien serré, lui commanda Faidherbe pour toute réponse.

Il le but cul sec et, s'emparant du numéro du jour de *Paris-Normandie*, prit la direction des toilettes.

– Qu'on ne me dérange pas. Pendant deux heures, je ne suis pas disponible.

Quand il ressortit au bout des deux heures, il posa le journal sur le bar après une lecture intégrale instructive : la douane venait de mettre fin aux agissements d'un gang qui s'adonnait au pillage de conteneurs sur le port, spécialité outillage. Il y avait eu des arrestations mais quelques complices étaient en fuite. On ne tarderait pas à les pincer. Le commissaire se fit la réflexion qu'il en connaissait probablement un qui s'était pincé lui-même si fort la veille qu'il s'était écrasé. Ennuyeux pour obtenir des aveux concernant sa possible culpabilité dans le crime d'Annabelle Tourte.

Le barman avait disparu mais le bruit du claquement du journal sur le bar fit jaillir de la cuisine le patron de la *Taverne*.

– On a failli s'inquiéter, remarqua-t-il. J'ai cru à un malaise.

– Pas du tout, se justifia Faidherbe, touché de cette sollicitude : tous les vendredis, entre neuf et onze heures, je soulage une semaine d'abstinence. J'ai l'intestin du paresseux, l'animal sud-américain, qui ne descend qu'une fois par semaine de son arbre pour ses besoins. C'est une nécessité et un rite.

Le patron eut une moue admirative.

– Sacrément commode.

– C'est un point de vue, conclut Faidherbe sur un ton désabusé.

Il tourna la tête, cherchant du regard Perchet.

L'homme le devina :

– Il est sorti avec Jennifer.

– Jennifer ?

– La petite qui vous sert. Ici non plus, les filles ne s'appellent plus Marie-Rose. On vit avec son temps et les feuilletons télé. Je lui ai donné quartier libre jusqu'à midi pour montrer les lieux à votre inspecteur. Il la bouffait des yeux. Faut dire qu'elle est appétissante et j'ai toujours pensé qu'un restaurateur doit faire de son mieux pour aider les forces de l'ordre. Surtout qu'en ce moment, sans vouloir vous critiquer, c'est le bordel. Un bordel comme ça pourrait chasser le client. Les gens vont avoir sérieusement peur de se faire suriner au bord de l'eau. Ça me rappelle d'ailleurs un crime que mon père racontait quand j'étais gosse. Assassinat jamais élucidé par la police, sans vouloir vous vexer.

– Quel crime ? demanda le policier, que le mot tira de ses pensées irritées contre Perchet qui lui avait posé un lapin pour draguer la serveuse.

– Dans les années vingt, on a trouvé un homme mort d'un coup de poignard dans sa cabine de plage - il y en avait beaucoup ici à l'époque - fermée à clef de l'intérieur.

– C'est du roman policier, une version balnéaire du *Mystère de la chambre jaune*. Vous vous moquez de moi.

– Pas du tout, je vous le dis comme mon père le racontait.

– Eh bien, c'est simple : la victime a été frappée avant de s'enfermer dans sa cabine pour mourir, expliqua le commissaire machinalement. L'homme a voulu dissimuler son propre meurtre pour protéger celui ou celle qui l'a tué, une relation très proche à qui il tenait beaucoup sans doute, ou pour éviter que le scandale retombe sur les siens : sa femme, sa maîtresse, son fils… ou pour les deux raisons à la fois. C'est classique.

– Eh ben, dites donc, vous êtes fort, vous, pour les enquêtes dans le passé ! Et pour le présent, vous voyez les choses comment ?

Le policier ignora superbement l'ironie. Il était au-dessus de ça.

– Mon adjoint ne vous a pas dit précisément où il allait ?

– Non, mais il a laissé un mot, j'ai failli l'oublier.

Le restaurateur passa derrière le comptoir et tira de sous la caisse une feuille pliée qu'il tendit au commissaire. Les yeux de Faidherbe allèrent du billet aux yeux du patron. L'homme fuyait son regard scrutateur et indiqua d'un mouvement du menton l'ardoise où s'affichaient les plats du jour et qu'il n'avait pas encore placée devant l'entrée du restaurant : « Poêlée de coquilles Saint-Jacques sauce piquante ou Pintade du pays d'Auge aux clous de girofle ».

– Je vous fais servir à quelle heure, aujourd'hui, commissaire ?

– A midi et demi, comme d'habitude, pintade, répondit le policier qui sortait déjà pour parcourir le papier sans témoin.

Intérieurement, il pestait. Qu'avait donc Perchet ce matin ? Laisser un rapport à la curiosité publique ! Un coup de foudre n'excuse pas tout, surtout pas une faute professionnelle. Que ce ne fût pas un rapport mais des notes seulement ne changeait rien.

« Propriétaire de la Chrysler : Jimmy Lefevre, 38 ans. Son domicile : un galetas quartier de l'Eure. Perquisition de la brigade du

Havre dans la matinée. Sorti de prison depuis trois mois (cambriolages avec violences), recherché pour vol dans conteneurs - ça, Faidherbe le savait déjà – ex d'Annabelle Tourte, avait souligné Perchet. L'identité judiciaire confirme que c'est bien le suicidé d'hier ».

C'était tout. Rien du labo, et surtout rien de plus sur Annabelle Tourte. Evidemment, ça pouvait suffire. Lefèvre était acculé. Il venait demander l'aide de son ex-compagne ou la forcer à l'aider. Elle refusait d'écouter ses jérémiades. Il se fâchait, la tuait dans un mouvement de colère folle, puis se bousillait à son tour quand il se rendait compte de ce qu'il avait fait et qu'il prendrait cette fois la perpétuité, c'est-à-dire, quinze ans de plus en ces temps de surpopulation dans les prisons. C'est quand même long. Et puis, il avait peut-être une conscience, de vrais remords, et un petit garçon auquel on dirait que papa avait tué maman. Tout ça se tenait trop. Il fallait bousculer Perchet pour qu'il fouille plus à fond. Il se reposait sur des lauriers faciles pour faire le joli cœur. Il allait falloir reprendre les rênes de ce côté-là.

Faidherbe n'avait pas de téléphone cellulaire. Il refusait d'être harcelé n'importe où, n'importe quand. Ce refus anachronique était un privilège de patron, c'était peut-être le seul dont il abusait. Ça avait ses inconvénients. En ce moment par exemple, il fallait trouver dans un rayon raisonnable une cabine qui fonctionnât ; il ne voulait pas que toute la *Taverne* suivît l'enquête en direct. Il eut de la chance.

Au bout du fil, le gars du labo s'étonna :

– J'ai eu votre adjoint ce matin déjà, vous voulez que je répète ? Excusez-moi, commissaire, mais avec tout ce que vous nous envoyez d'Etretat, nous travaillons à flux tendu. Vous voyez ce que je veux dire ?

– Ne vous donnez pas cette peine et retournez vite à vos analyses. Désolé de vous avoir dérangé, répondit le policier.

Il appela le médecin légiste, certain que Perchet ne l'avait pas fait. Le morticole était aux anges, ravi de faire partager ses découvertes :

– Il est beau au moins celui-là, mais pas aussi frais qu'on croirait ; il n'est pas du matin. J'ai pas encore ouvert, mais à vue de nez, on l'a occis vers minuit d'un clou dans la nuque, gardé au chaud jusqu'à trois ou quatre heures et servi frais un peu avant l'aube.

– Vous avez retiré le clou, docteur ? demanda le commissaire.

– Fallait pas ? Il ne va pas dégonfler pour autant, dit en riant le médecin. Je l'ai envoyé au labo, il y a cinq minutes, ainsi que les autres.

Votre client aime fignoler, dites donc ; un clou suffisait, les autres ils les a ajoutés au moment de la mise en place, pour faire joli. Vous n'auriez pas un suspect tapissier décorateur par hasard ? Remarquez qu'il n'aurait pas utilisé ce type de clou.

– Je ne savais pas que vous étiez spécialiste, ça tombe bien.

– Ma femme et moi, à nos moments perdus nous aimons retaper des vieux meubles, en particulier des fauteuils d'époque, et en ce moment...

Faidherbe le coupa :

– Vous m'avez dit qu'on l'avait gardé au chaud ? Vous pouvez ajouter quelque chose à ce sujet ?

– C'est clair : s'il était resté dehors en cette saison, il se serait refroidi plus vite et sa rigidité aurait été plus accusée. Il a gardé une petite élasticité, le bougre. Par ailleurs on l'a traîné dans un lieu poussiéreux. Il y en a trace sur les vêtements : le dos, les coudes, cuisses, mollets. Il a fait le ménage par où il est passé comme un balai Swiffer.

– Je vous quitte, merci, docteur. Je vais passer la paille de fer au même endroit.

Le commissaire sortit de la cabine et repartit d'un bon pas vers la falaise d'amont en direction de l'ancienne clinique privée. Là il trouverait de la poussière.

Il ne fut pas surpris quand la grille s'ouvrit sans grincer dès qu'il l'eut fermement poussée. La grande porte d'entrée était bien close mais il lui suffit de contourner la bâtisse pour trouver une porte qui s'ouvrit sans résistance, celle d'une souillarde qui donnait dans la cuisine. La pénombre régnait dans la maison dont tous les volets étaient fermés depuis plus de vingt ans, à en croire Heurtot, l'édile bavard. Il se fit un chemin à l'aide de la lampe porte-clefs, un gadget, cadeau d'une de ses nièces, dont il n'avait jamais eu jusque là l'utilité mais qu'il gardait toujours par affection dans la poche de son imperméable. La maison paraissait d'autant plus vaste qu'elle avait été vidée de tous ses meubles. Il traversa une grande pièce qui avait dû être la salle à manger, laquelle donnait sur une autre pièce, peut-être un salon. Il ouvrit des portes sur l'entrée et un escalier monumental dont la rampe en fer forgé lui parut une merveille, copie d'un travail du dix-huitième. C'est dans la pièce qui faisait pendant au salon qu'il découvrit la poussière et la traînée qui partait du mur immédiatement à gauche de la porte. Revenant sur ses pas, il trouva sur un sol quelques mégots, des bouts de papier, des traces, mais peu de poussière. C'était finalement plutôt propre pour une maison vide depuis si longtemps mais qui était sûrement moins abandonnée qu'on ne le disait. Certaines pièces en tout cas étaient fréquentées. Les gars du labo allaient-ils râler quand il les inviterait tout à l'heure à venir au bord de la mer dans une villa de luxe faire des prélèvements ? Ça l'amusa d'y penser. Il tirait aussi une subtile mais légitime satisfaction de savoir aussi vite ce que la victime avait fait après sa mort.

Ce serait bientôt l'heure de l'apéritif, il décida d'aller le prendre chez Justin Quenail au *Connemara*.

Quand le policier entra, le bistrotier, campé derrière son bar, tenait un chiffon à la hauteur de son œil droit. Cela ne l'avait empêché de voir arriver de loin le commissaire et de se tenir prêt. Il se mit à beugler à l'adresse de Faidherbe :

– Monsieur le commissaire, je veux porter plainte !

Et, théâtralement, il dévoila un œil et une pommette tuméfiés.

– Pour cela, il faut se déplacer au commissariat, je n'enregistre pas personnellement ce type de voie de fait.

– Et moi, je ne peux pas personnellement me déplacer à cause de mon commerce.

De la main qui tenait le chiffon, il fit un arc de cercle qui indiquait la salle, vide, en dépit de l'heure et enchaîna :

– Ce n'est pas le moment d'abandonner le navire. J'ai perdu ma serveuse, une fille en or, je viens de perdre un client fidèle, Pierre, qui buvait ici ses six demis par jour. Et je ne mentionne pas Anselme, puisqu'il buvait dans tous les bars et faisait des histoires : j'étais obligé de le mettre dehors quand le *Connemara* était le dernier de sa tournée. Et ce n'est pas fini : en ce moment, au lieu d'être ici pour l'apéro, ils sont tous allés voir les cadavres. Consommations zéro. Et que fait la police ? Je vous le donne en mille : elle bastonne les petits commerçants victimes de la conjoncture économique déprimée.

Pour crier ça, Quenail avait remis son chiffon humide sur sa joue et écrasait son ventre contre le bar. Faidherbe se dit que cette barrière était providentielle car l'homme s'emportait tout seul au point de devenir violent, il le savait. Peu de gens auraient été capables de lui tenir tête. Il devina d'où venait le coup.

– Je parie que c'est mon adjoint qui vous a bousculé. Il devait avoir une raison, mauvaise, je vous l'accorde, mais une raison tout de même.

– C'est un jeune con qui a l'humour à sens unique. Il entre ; pour détendre l'atmosphère, je lance : « Tiens, un lardon de poulet ! ». Il s'approche avec son air supérieur, alors que c'est un fonctionnaire de second ordre qui vit de notre pognon, il faut s'en souvenir, et m'envoie un pain dans l'œil, le salaud. J'étais tellement saisi que j'ai pas bougé. Un pain pour un trait d'esprit, une finesse de langage ! Et il me dit : « Moi, je suis poli, comme tu le constates : je frappe avant d'entrer en matière ». Ça a failli me faire sourire. De l'œil valide qui me restait je l'ai regardé droit dans ses deux yeux, – c'était pas facile mais j'allais pas me dégonfler –, et je lui ai répondu : primo, je dirai rien, deuxio, c'est pas moi qu'ai tué Annabelle , j'étais son patron – et à vous qui connaissez la vie, je peux le dire, commissaire, j'étais aussi son amant, j'allais pas me priver d'elle, pas si con, le Justin – tierço, j'ai tellement de rage et de chagrin que si je tenais le salopard qui me l'a démolie comme ça, je lui foutrais la tête dans la bière irlandaise jusqu'à ce qu'il crève. Et ça peut être long comme supplice car jusqu'ici personne n'est mort chez moi en buvant ma bière. Y a pas de précédent ? Eh bien moi, Justin Quenail, j'ai pas peur d'le dire, je créerai un précédent.

– Comment a-t-il réagi ? demanda Faidherbe.

– Il a tourné les talons, si je puis dire, sur ses baskets plats de tantouze, et il a fichu le camp. Alors, vous la prenez maintenant ma plainte ?

– Y a-t-il eu des témoins ?

– Bien sûr que non, puisque je viens de vous dire qu'ils étaient tous sur la falaise pour voir les deux macchabées, Anselme et Pierre. Et Lacorne n'est arrivé qu'un peu après pour se faire servir gratis. Je l'ai foutu dehors comme hier, j'étais pas d'humeur à supporter un comique de plus.

– En ce cas, cela va être difficile. Essayez toujours quand vous viendrez.

Comme Quenail faisait une moue interro-réprobatrice, le commissaire ajouta :

– Eh oui, vous serez convoqué pour l'affaire Tourte : explications, témoignage, déposition, etc. Forcément, il faudra venir au commissariat.

Quenail se retint au zinc pour ne pas se jeter sur le commissaire et de sa voix de stentor hurla son incompréhension :

– C'est une injustice ! C'est toujours les mêmes qu'on emmerde ! Les victimes qui font honnêtement leur boulot au bar et qui paient les impôts qui vous engraissent ! C'est une abomination !

Le commissaire jugea qu'il était temps de couper court à cette scène d'anthologie. Raimu dans *Marius* n'aurait pas fait mieux.

– Cher monsieur, arrêtez-vous avant de vous rendre coupable d'outrage. Je suis sincèrement navré de vous trouver dans cet état. J'étais venu prendre l'apéritif avec vous et en profiter pour parler à bâtons rompus et à cœur ouvert. J'y renonce. Pourtant, j'avais fort envie d'un Picon-bière. Ainsi perdez-vous le seul client de la matinée. Pour finir, Quenail, ce ne sont pas les victimes que j'emmerde, mais les survivants, la différence est de taille.

Il repartit, un goût amer dans la bouche, mélange d'odeur de cadavre d'alcoolique, de poussière et de déception. Une petite pluie fine avait remplacé le brouillard matinal. Il s'engonça dans son imperméable. Si Perchet se mettait à secouer les témoins chez eux, ils rentreraient tous dans leur coquille et on ne pourrait rien en tirer de bon. Il était déjà émotif, si en plus il devenait susceptible aux quolibets de patron de bistrot, il deviendrait complètement inefficace, et même dangereux. Il fallait le raisonner, corriger cette nouvelle tendance avant qu'elle n'entrave sa carrière un jour ou l'autre. Faidherbe était un légaliste et ne concevait la force et sa brutalité que comme le dernier recours, pour se défendre exclusivement. Il faut lutter jusqu'au bout contre les convictions si vite faites et douter avec opiniâtreté jusqu'à ce que la vérité se dégage de tout ce travail comme une évidence ; celui qui frappe est déjà dans le rôle du bourreau, il saute les étapes, il fiche l'enquête en l'air et anéantit l'idée même de justice, pensait-il en marchant. Quel gâchis si Perchet se mettait à confondre la certitude de lutter pour une bonne cause et celle d'avoir raison *a priori* dans ses hypothèses criminelles. Tout à ces soucis, il n'avait pas tourné au bon endroit et se retrouva à longer la vitrine d'un photographe qu'il n'avait pas encore remarquée : il exposait des paysages, dont plusieurs vues panoramiques des falaises sous divers angles et avec des lumières très différentes, en particulier sous des ciels orageux qui les rendaient presque sinistres, et lui remirent en mémoire les corps suppliciés des victimes de ces derniers jours. Il se sentit honteux de se tracasser des mouvements d'humeur de son adjoint, si jeune. C'était si peu de chose en comparaison.

La serveuse, Jennifer, était à son poste. Elle lui rendit poliment son bonjour mais le commissaire perçut au ton de sa voix qu'elle le battait froid encore. Elle avait pourtant un air rieur. En regardant dans la direction de sa table attitrée au bout de la salle, Faidherbe comprit que c'est à Perchet qu'elle réservait son amabilité. Il était assis à la place qu'occupait son chef.

– Lève-toi, tu ne déjeunes pas avec moi. Tu prendras un casse-croûte et tu le mangeras en route ; tu rentres sur-le-champ au Havre, tu passes au labo, – j'attends des informations nouvelles – et tu traînes tes baskets sur les traces d'Annabelle Tourte, ce que tu aurais déjà dû faire, en policier consciencieux au lieu de jouer au Don Juan de taverne. La fille est mignonne, je te l'accorde mais je t'attendais au rapport à onze heures. Nous avons des devoirs qui passent avant tout ; mets-toi ça dans le cœur, petite tête, où cherche un autre métier.

Faidherbe avait débité ça, debout, doucement comme pour lui-même. Il était vraiment fâché et Perchet ne pouvait s'y tromper. Il se leva et laissa la place, pâle, confus et vexé, mais se força à sourire pour avancer une excuse :

– Je suis désolé du retard, patron, mais j'ai obtenu ainsi un renseignement qu'elle ne vous aurait jamais donné.

– Pas aussi vite, pas entre deux baisers, je suppose, mais elle me l'aurait donné, crois-moi. Dis toujours.

– Vous vous souvenez lui avoir demandé si le jour du meurtre d'Annabelle, elle avait remarqué quelqu'un. Eh bien, le soir même dans cette salle, un client qui ne semblait pas à l'aise s'est fait servir. Il avait l'air de quelqu'un qui n'était pas à sa place. Elle pense qu'il était gêné parce qu'il n'avait pas l'habitude de manger dans un restaurant comme *La Taverne*, d'un certain standing déjà.

– Et alors, s'impatienta le commissaire, qui se défaisait de son imperméable et tâtait un objet dur au niveau de la poche droite

– Elle s'est fait la réflexion qu'il venait en tenue de travail, pas du tout habillé pour une sortie. Elle m'a décrit le bonhomme : c'est le portrait tout craché de Lefèvre. Il faudra lui montrer une photo, je suis sûr qu'elle va le reconnaître.

Tout en écoutant, Faidherbe avait tiré de sa poche la paire de jumelles de la falaise. Il la posa sur la nappe blanche, s'assit et commença à rompre une tranche de pain. Il réfléchissait.

– Très bien, une raison de plus pour que tu repartes au Havre. Trouve-nous une photo, nous la lui montrerons demain. Tu me laisseras le résultat de tes recherches sur répondeur : je ne suis pas sûr de repasser au bureau. La nuit passée a été courte, je prévois de me coucher tôt ce soir. Et une dernière chose... tu as une relation trop affective avec les témoins dans cette affaire : tu cajoles la serveuse et tu bousilles Quenail. Dans les deux cas, ce n'est pas professionnel, dans le deuxième, c'est illégal. Ça m'ennuierait qu'un autre que moi te le reproche un jour prochain. Tiens-le toi pour dit.

– C’est entendu, patron.

Perchet quitta le restaurant presque vide avec un petit signe de la main à Jennifer qui passait, portant des entrées. Arrivée à la table du commissaire, elle s’exclama en le servant :

– Tiens, vous avez les mêmes jumelles que Larsen !

Le policier hésita entre rentrer en grâce auprès de la jeune fille en lui expliquant, par exemple, que sa méthode était aux antipodes de celle de Sherlock Holmes et qu’il préférait prendre de la distance que travailler à la loupe, et lui exprimer la mauvaise humeur où l’avait plongé la conduite de son adjoint qui s’était assotté d’elle. C’était injuste, il le savait, et d’autant plus qu’elle venait de lui fournir une information précieuse. Finalement, il choisit de marmotter une vague phrase où « touriste » et « panorama » furent les seuls mots nettement articulés. Aussitôt qu’elle lui eut tourné le dos, il escamota la paire de jumelles qu’il glissa dans la poche de son pantalon.

Il dégustait sa pintade arrosée d’un vin de Bougueil quand une ombre obscurcit son assiette à laquelle la grisaille de cette journée d’avril ne rendait déjà pas justice. Elle s’accompagnait d’un cocktail olfactivement lytique de musc, patchouli, rose et lavande. Le commissaire leva la tête, contrarié. Hugues Lalouette était planté devant lui. Il était entré et avait traversé la salle sans se faire remarquer. Plus étonnant encore, il avait les larmes aux yeux. En réponse au regard interrogateur du commissaire, dont la bouche était pleine de viande moelleuse et savoureuse, il s'assit et murmura d'une voix brisée :

– Commissaire, je viens de tuer mon oncle.

Faidherbe déglutit sans finir de mâcher et, la gorge endolorie, demanda dans un même murmure :

– Vous en avez parlé à quelqu'un ?

Le journaliste secoua la tête en signe de dénégation, tout en sanglotant. Qui l'aurait vu de dos aurait pu croire qu'il riait sans bruit de sa confession, ce qui était plus dans ses habitudes.

– Vous avez bien fait, approuva le policier.

CHAPITRE 7

Beaux dégâts derrière les bow-windows

Goddam ! Nanny se trouvait maintenant devant un bien beau désastre. Elle porta le goulot une nouvelle fois à sa bouche. C'était pourtant bien Lalouette qui avait secoué Leroux ! Elle ne savait pas pourquoi d'ailleurs. Elle était à l'étage, occupée à briquer le mobilier de la « chambre d'amis » – Leroux n'avait jamais eu le moindre ami – quand elle avait entendu du mouvement en bas. On parlait fort, on criait même. Il arrivait que l'oncle et le neveu se chamaillent, mais à ce point. Elle avait descendu l'escalier en emportant avec elle une bouteille de Sherry déjà bien entamée qui était posée sur la commode du palier et un autre objet dont elle ne se souvenait plus. Arrivée au pied de l'escalier, Nanny avait vu Hugues se cogner d'un mur à l'autre dans le vestibule, sortir vite, laissant la porte ouverte, puis s'enfuir vers le fond du jardin en battant des ailes. Il disparut enfin par la porte qui donnait sur la rue. Qu'est-ce qui lui prenait au *silly boy* ? Il ne l'avait même pas remarquée.

Elle était ensuite entrée dans le salon, un peu en titubant. Eblouie par la pleine lumière des bow-windows, dont les rideaux étaient largement ouverts sur la clarté du jardin, elle ne vit d'abord que le large fauteuil pourpre de l'écrivain, à demi tourné côté dos, face vers les fenêtres. En s'approchant au-dessus, elle aperçut à l'intérieur une petite silhouette recroquevillée sur elle même. Lalouette avait dû être bien méchant cette fois-là. Elle posa sa bouteille sur la table basse. Inutile d'essayer de consoler *the old man* – elle l'appelait ainsi alors qu'ils n'avaient qu'une petite dizaine d'années d'écart – en partageant un petit verre. Voilà déjà bien longtemps que leurs relations ne connaissaient plus ce genre de gentillesse. En se redressant, elle aperçut une écorchure au fauteuil, juste au sommet du dossier. Elle se dit qu'il faudrait le recapitonner un jour.

Elle s'était assise en face, sur l'autre fauteuil. Elle n'aurait pas su dire exactement combien de temps avait passé depuis la fuite de Lalouette. Sa main trembla lorsqu'elle porta de nouveau le goulot de la bouteille à ses lèvres. Elle ne craignait pas les reproches de Maurice Leroux. Maintenant, l'écrivain s'en fichait bien. Il la regardait sans mot dire, toujours aussi indifférent à son endroit, mais muet maintenant : ça lui avait cloué le bec, ça oui, sa petite querelle avec le *silly boy*. Où allait-elle l'emmener pour qu'il se repose bien après tout ça ? Etait-il aussi lourd que la table basse devant elle, qu'elle avait changée de place bien des fois ? Car les déplacements d'objets, c'était une spécialité de Nanny.

C'est que depuis un bout de temps, elle ne sortait plus guère de la maison, la vieille gouvernante. Surtout de jour. Et comme pour compenser cette claustration volontaire, elle n'avait de cesse d'arpenter les couloirs de la maison en emportant avec elle toute sorte d'objets d'une pièce à l'autre, du minuscule bibelot au mobilier le plus lourd. Elle était encore forte pour ses quatre-vingts ans. Une façon de changer en permanence son univers qui déboussolait Lalouette et son oncle. L'écrivain n'avait pu préserver de cette étrange manie que les ouvrages de sa bibliothèque personnelle et sa collection d'armes anciennes.

De toute façon, les armes à feu, Nanny ne voulait plus en entendre parler depuis qu'elle avait dû abandonner la mort dans l'âme son pistolet *Lüger*, cadeau personnel du maréchal Rommel, dans une poubelle de la rue Dorus. C'était en juin 44, le 6 précisément. Nanny s'en souvenait bien et elle y pensait même souvent…

Le feld-marschall von Kiesel, commandant la forteresse de Saint-Jouin Bruneval : son uniforme dont elle aimait caresser les revers au fin liseré rouge… C'est à lui qu'elle avait annoncé avec fierté la date historique : 6 juin ! et le lieu de la grande offensive ennemie : Etretat ! Bien sûr, les officiers de l'état-major avaient un peu tiqué : Etretat, ses falaises, ses galets… Des milliers d'hommes déboulant dans ce goulot d'étranglement… ça n'allait pas être tendre pour eux. Ils allaient tous être cloués au sol, pire qu'en 42 à Dieppe, c'était certain.

– *I'm so sure*, avait-elle alors clamé, un lieu aussi touristique, prestigieux… Justement ! Tout près de Dieppe… La surprise sera totale ! Mes renseignements ne m'ont jamais trompée ! *Never ! Niemals !*

Les Allemands l'écoutèrent sans grande conviction, mobilisèrent quand même une division de plus sur le plateau cauchois… C'était cher quand même une division à cette époque d'agonie de l'armée allemande… Mais savait-on jamais, la petite anglaise avait toujours eu d'assez bonnes sources… et le feld-marschall l'aimait bien.

Les renseignements émanaient bien sûr d'un comique des S.A.S. qui voulait s'amuser un peu avec la jeune félonne et ses copains teutons.

Alors quand la canonnade se fit entendre aux alentours de Caen, la jeune femme commença à raser les murs et, de rage comme de dépit, se débarrassa en ville de son pistolet. Ses ex-compatriotes arrivaient, et ils étaient sans doute très en colère contre elle… Trois ans plus tôt, elle les avait quand même lâchement quittés en pleine bataille d'Angleterre… Il faut dire aussi qu'avant cet exil volontaire, elle avait été chambrière au service du duc Edouard de Windsor. L'oreille collée à la porte du salon fumoir, elle avait écouté des heures durant, fascinée, le panégyrique d'Adolf Hitler, l'évocation des beautés de la Grande Allemagne, l'exposé admiratif des propos philosophiques de Goebbels… Tout ça avait mijoté des mois dans l'esprit candide de la blondinette qui en devint complètement fanatique. Elle prit donc logiquement un aller simple pour la France occupée, quand d'autres faisaient le trajet inverse pour des opinions contraires.

Les yeux dans le vague, Nanny, née Rotha Utler, ruminait encore son passé indigne, essayant vainement de le diluer dans le Sherry dont un reste virevoltait au fond de la bouteille. Leroux, effondré en face dans son fauteuil, avait aussi les yeux bien dans le vague.

Quand Faidherbe entra dans la pièce, il la trouva ainsi assise sur le fauteuil, en face de celui de l'écrivain, dans la pénombre du contre-jour. Une araignée tapie dans une anfractuosité aurait eu la même attitude. Il crut percevoir un sourire sur son visage mais ça n'était sans doute qu'un reflet trompeur. Ou un rictus de douleur. La petite silhouette sombre de sa première visite paraissait quand même bien ténébreuse à présent. Le commissaire s'approcha de l'écrivain. Il posa deux doigts sur son cou : mort. Lalouette n'avait pas menti : on était bien en pleine veillée funèbre. Silencieuse encore, Nanny se recueillait à sa manière devant la dépouille de son maître.

Faidherbe avait donné une consigne à Lalouette : le laisser seul, ne rien dire à personne pour l'instant. Attendre ses consignes. Pour une fois qu'il arrivait le premier. Qu'il ne s'en prenne qu'à lui si le chantier était salopé.

– Qu'est-ce qui s'est passé madame ?

– *Nothing. Lost control.*

Nanny avait répondu d'une voix blanche. Puis elle s'agita comme un automate désarticulé tout en débitant un monologue en anglais, au fort accent nordique. Nanny était née à Manchester. Quelques années chez les Windsor n'avaient pas effacé son parler local et populaire. Pas de chance. Faidherbe avait fait allemand première langue.

Pendant qu'elle parlait, Faidherbe examina de plus près le bonhomme. Le vieil écrivain n'avait pas échappé à la récompense : on lui avait aussi décoré la nuque. Un point rouge sombre, encore sanguinolent autour, l'attestait. L'outil n'était pas là, du moins pas dans les parages immédiats. Il faudrait le trouver. La vieille poursuivait son monologue dans lequel cette fois là Faidherbe reconnut un mots d'allemand : *kiesel*, galet ? Il fallait arrêter cette logorrhée, ça devenait soûlant. Faidherbe lui posa une main énergique sur l'épaule.

– Bon, écoutez, vous essayerez de nous dire tout ça en français dans le texte quand ça ira mieux, *verstanden* ?

– *Ya.* Tout à fait. *You're right, herr Hauptmann.*

Elle déraillait complètement la Nanny dans son sabir européen. Sa mémoire devait sûrement être bien altérée vu le peu de liqueur qui restait au fond de la bouteille. Son haleine disait combien son estomac devait être imprégné d'alcool. Il l'aida péniblement à se lever du fauteuil et l'emmena s'allonger sur un canapé au fond du salon. Quant au journaliste, sans un peu d'aide mémoire de la part de la vieille et avec ce qu'il avait déclaré à la taverne, c'était en cabane qu'il allait passer l'été et pas en cabine tout confort avec vue sur les galets…

Un téléphone était posé sur une petite tablette fixée au mur, à côté du canapé. Faidherbe décrocha le combiné et composa un numéro précédé du mot *doctor* crayonné d'une graphie hésitante sur une petite fiche pense-bête punaisée à la tenture. Il lui fallait un toubib lambda, pas un de la P.J. Pas encore. La vieille gouvernante s'était tue. Il l'entendit ronfler au-dessus de la tonalité. C'était pour elle aussi qu'il appelait. Le médecin aurait bien une drogue pour la faire dessoûler plus vite.

– Docteur ?… Commissaire Faidherbe, police judiciaire. Je suis chez Maurice Leroux, l'écrivain. J'aimerais que vous veniez maintenant… plutôt grave oui… A tout de suite.

En attendant le médecin, Faidherbe fit le tour de la pièce, regarda sous les meubles, souleva la nappe de la table et les jupes des fauteuils. La cloueuse n'était pas visible dans cette pièce. Par les fenêtres des bow-windows, il scruta le jardin pour voir si elle n'avait pas été abandonnée dans sa fuite par Lalouette. Il faudrait quand même mettre la main dessus. C'est pas qu'il en manquait des cloueuses après le crash de Jimmy Lefevre, mais une cloueuse coupable, on n'en avait pas encore épinglé une. Il se dirigea vers des étagères.

Entre plusieurs rayonnages remplis d'ouvrages divers, les œuvres de Leroux s'alignaient dans un ordre chronologique parfait, de *017 contre la pieuvre jaune* à *Bien le bonjour d'Etretat* le dernier. Perchet l'avait offert à son patron pour son anniversaire. Ils avaient fêté ça à la P.J. en ouvrant une bouteille d'un Martini de contrebande saisi par la douane du Havre sur un cargo panaméen. Ils en avaient tous pris pour une semaine de « bide-en-l'air » comme disait Perchet. Une « bide-en-l'air » désignait depuis n'importe quelle boisson frelatée. Faidherbe avait lu le roman qui racontait une abracadabrante histoire de trésor de guerre S.S. caché dans l'aiguille d'Etretat, creuse à l'occasion. S.O.S. 017 y était aux prises avec des néo-nazis en quête du Saint-Graal et cette mirobolante aventure se finissait par l'intervention d'extra-terrestres à l'idéologie plus que douteuse… Malgré ce dernier navet qui avait fait aussi un bide, Leroux avait vécu largement des royalties sur le reste de ses œuvres à voir tous les ouvrages qui couvraient les rayons. Cent-vingt romans en tout. Faidherbe suivait du doigt les numéros inscrits en rouge sur la tranche des livres quand il s'arrêta au numéro 26. Suivait le numéro 28. Il parcourut les autres tranches afin de vérifier si l'ouvrage absent ne s'était pas égaré ailleurs. Non, l'ordre numérique était respecté jusqu'au dernier. Il fit un tour de la pièce avec cette idée en tête : retrouver l'ouvrage. C'est en le cherchant qu'il retrouverait l'agrafeuse-cloueuse. C'était parfois en se donnant une piste de substitution qu'on tombait précisément sur ce qu'on cherchait. La méthode avait souvent fait ses preuves. Faidherbe était du genre animiste, les objets se cachaient comme des coupables, on en pistait un sans grand intérêt et c'est sur le bon qu'on tombait. Et puis cette absence du numéro 27 dans la bibliothèque n'allait pas à un homme que Faidherbe avait senti maniaque.

Il monta à l'étage. Un couloir distribuait quatre chambres. Il en fit rapidement la visite : celle de l'écrivain, comme celle de la gouvernante, était d'une sobriété monacale : armoire, commode, lit, table de chevet dont il ouvrit la porte. Rien. Même pas les pots de chambre traditionnels. La nuit, ces vieux-là pouvaient encore se balader loin de leur couche. Décoration utilitaire, miroir et lampe de chevet.

Peu de bibelots. Les deux autres chambres étaient inoccupées, avec des lits sans matelas. Il gravit les marches qui menaient à l'étage supérieur. Le parfum âpre de Lalouette commençait à se faire sentir. La chambre occupée par le journaliste – ou plutôt l'appartement qu'il s'était aménagé sur tout l'étage des combles - était aux antipodes des pièces habitées par les deux autres occupants de la maison. Un capharnaüm d'étudiant attardé, un bric-à-brac de brocanteur en mal d'espace stockant disques, revues, objets divers, le tout en piles instables. Un tatami devait lui tenir lieu de lit. Une couette informe et décolorée le recouvrait que Faidherbe souleva : pas de cloueuse, pas de livre non plus. Que des revues. O17 lui faisait un clin d'œil et un sourire de dentifrice sur une porte de placard, dans l'adaptation américaine de *Laisse vivre et meurs tranquille*. Rien de plus à trouver là-dedans pourtant. Il jeta un coup d'œil par un œil de bœuf. Le jardin s'offrait de plus haut et Faidherbe pourrait peut être apercevoir l'outil du crime abandonné.

Il vit alors un individu qui suivait l'allée de graviers vers la maison. Ainsi vu de haut, l'homme paraissait glisser. Faidherbe pensa au guillemot, le palmipède qu'on chassait sous les falaises aux siècles passés à Etretat, mais un guillemot verdâtre, géant. Un cauchemar de chasseur. De grande taille, il portait une gabardine kaki très longue qui semblait presque le rendre apode, ceinturée et fermée jusqu'au col. Les bras rigides le long du corps, sa main droite gantée tenait une mallette noire. Son crâne luisait au soleil. Le commissaire croisa une nouvelle fois le 017 goguenard de l'affiche et descendit à la rencontre du médecin qui ouvrait déjà la porte d'entrée.

– Comment va-t-il ?

Sa voix, son visage étaient graves. Tragiques même. Tout s'effondrait sur sa figure, des yeux de chien battu, des petites lunettes ovales qui suivaient le mouvement descendant sur un nez écrasé, une bouche qui souriait à l'envers. Age indéterminé, peu de rides. Sous la calvitie, une couronne de cheveux filandreux atteignaient les épaules. En voilà un qui devait annoncer une rhinopharyngite avec des condoléances.

– Comme un mort, Docteur. Il allait bien jusque là. Commissaire Faidherbe, police judiciaire, Le Havre. On m'a appelé. J'étais dans le coin…

Le médecin ôta ses gants et salua le commissaire. Sa main était froide.

– Marquis Armand de Bellegueuse. Je suis le soigneur du Maître.

Faidherbe ne soupçonnait pas que Leroux pratiquât encore à son âge une activité sportive de haut niveau... Entre les incisives du praticien, un rogaton de salade flottait au vent de son haleine parfumée au calvados. Cet homme-là avait encore l'estomac à la noce. Ça promettait de faire un joyeux tandem quand l'aristocrate arrosé d'eau-de-vie irait réveiller la vieille princesse assoupie au fond de la pièce, sur le canapé.

Le médecin entra rapidement. Il déposa sa mallette au pied du fauteuil puis examina la victime un moment, à demi penché sur le corps, sans le toucher. Il porta ensuite l'extrémité de son index sur le bout du nez de Leroux, alors que son autre index touchait perpendiculairement le sommet du crâne. Cet acte incongru confirma les craintes du commissaire : son coup de fil avait fait sortir de la réserve une autre figure du cru en la personne du marquis de Bellegueuse. Un hobereau engabardiné doublé d'une espèce de rebouteux… Quel cinglé de village allait manquer encore à la collection ? L'homme se redressa, le regard fixe vers les fenêtres, et bien au-delà. Il délivra son diagnostic d'une voix de basse.

– Certes, il a passé. Depuis quinze à vingt minutes. Le coup porté à la nuque lui a été fatal, après une crise de quasi apoplexie. Cet épisode *ante mortem* a pu durer cinq à dix minutes, provoqué par une forte émotion.

Faidherbe eut une moue admirative mais se reprit, le bonhomme avait le sens de l'observation, voilà tout.

– Bien. Ecoutez, j'ai besoin…

Il s'interrompit. Le marquis s'était subitement affaissé sur un genou, l'autre jambe pliée, les mains jointes sur un bras du fauteuil. Le visage avait disparu derrière le col de la gabardine. Seuls la nuque et le bas du crâne émergeaient. Il priait. Cet instant de recueillement passé, de Bellegueuse se redressa. Le commissaire, un peu déconcerté, risqua sa requête.

– Si vous pouviez aussi examiner la petite dame, là-bas.

Le médecin alla vers Nanny qui ronflait toujours et se pencha sur elle. Il passa alors sa main en un large mouvement circulaire au-dessus du visage fripé que recouvraient en partie des cheveux grisâtres. Puis il respira sa paume.

– Deux grammes cinquante. Rien à faire. Attendre.

L'éthylotest économique, pensa Faidherbe, un truc à enseigner aux gars de la brigade routière. De Bellegueuse, qui était allé chercher sa mallette, revint au canapé et s'assit sur le rebord, près des pieds de Nanny. Il ouvrit la mallette posée sur ses genoux et en tira un fil électrique qu'il emmena sous la tablette du téléphone. Faidherbe était penché sur la blessure de Leroux.

– Pauvre madame Utler, soupira de Bellegueuse, une gouvernante hors pair, un joyau de la couronne en terme de service : discrétion, efficacité, célérité… Mais une impureté dans le joyaux, la bibine !

Tout en trifouillant dans sa mallette, le médecin porta un regard ténébreux à Faidherbe au-dessus de ses petites lunettes.

– Vous ne pensez pas qu'elle a pu… « bricoler » le maître, n'est-ce pas commissaire ?

– Je n'en sais rien, il va falloir écouter ses déclarations… Comment s'entendaient-ils tous les deux ? reprit Leroux qui marchait en suivant sur le tapis les circonvolutions des figures orientales dessinées.

– Madame Utler était la mémoire de monsieur Leroux, une auxiliaire précieuse, effacée et néanmoins omniprésente, sa secrétaire, son infirmière.

De Bellegueuse parlait, continuant semblait-il à fouiner de ses deux mains derrière le couvercle ouvert de la mallette.

– Et avec le neveu, Hugues Lalouette ?

– Comme une mère pour lui. Pensez, elle l'a élevé. Et ça n'a pas été une sinécure… croyez moi. C'est quand même un drôle de loulou ce Lalouette !

– Vous étiez ami avec Leroux ?

– Non. Personne n'était vraiment ami avec monsieur Leroux. Je le soignais. Leroux n'a jamais aimé la médecine académique. La mienne lui convenait. On parlait parfois littérature…

Il redressa la tête qu'il avait jusqu'alors penchée sur le contenu de la mallette, un ersatz de sourire se dessina sur ses lèvres, ses yeux pétillaient derrière les verres de lunettes.

– Leroux était un personnage peu aimable, mais j'aime ses romans ! Merveilleux 017 !

– Tiens, à propos, le numéro 27 de la série, vous le connaissez ? demanda Faidherbe qui avait arrêté sa promenade sur le tapis devant la bibliothèque.

De Bellegueuse réfléchit, le nez dans sa mallette.

– *Le Papillon de Bornéo épingle 017*. 1954. Oui…. 017 y est prisonnier pendant tout le roman du Papillon, un terroriste indonésien à la solde de l'URSS. Le « nasique », son adjoint sur l'île, mène l'enquête alors que le Papillon multiplie les victimes dans l'île, toutes épinglées à des arbres, au niveau du cou, par une tige en métal… Un bon Leroux, période orientale.

Il redressa la tête. Les deux hommes regardèrent l'écrivain en silence un bref instant.

– J'aurais besoin qu'on attende un peu pour la déclaration de décès… vous comprendrez, pour l'enquête. Leroux est connu, j'ai besoin d'un peu de temps... Les medias, tout ça va être pénible.

Le médecin eut de nouveau un air abattu, une expression des plus lamentables. Il retourna sa mallette vers le commissaire. L'écran d'un portable affichait la page d'accueil de « 017.com ». Dans un encadré, en caractères clignotants, Faidherbe lut : « Maurice Leroux décédé ce jour à Etretat. Mort brutale. »

De Bellegueuse, sur son site Internet dédié à son héros favori, venait d'annoncer au monde entier ce que le commissaire lui demandait de taire quelque temps.

CHAPITRE 8

Hugues not catholique

– Eh oui, tout à fait Jean-Pierre, c'est l'effroi, ici, à Etretat. Car dans les rues de la petite cité balnéaire on ne parle plus que du « *cloueur psychopathe…* »

Le policier avait allumé le poste de télévision à peine passé la porte de son appartement havrais. C'était un geste inhabituel, il n'était pas assidu du petit écran comme en témoignait la couche de poussière qui le recouvrait. C'est que tous ses collègues télévisés l'agaçaient, et on ne voyait qu'eux, du flic allemand lymphatique à l'Américain dépressif pour polar poisseux en passant par le franchouillard plus malin que les autres sous ses airs bonhomme. Il n'aimait que les documentaires animaliers et les émissions culinaires quand il ne s'endormait pas devant le poste. Mais une victime de plus, et pas des moindres, avait été frappée du clou fatal et grâce au cyber-rebouteux les rédactions du monde entier avaient eu connaissance de la disparition de l'écrivain. Certes, l'annonce sur Internet ne mentionnait pas le morceau de métal, mais Faidherbe comptait bien sur la presse et la télévision pour faire mousser tout ça, Tourte, Oulbec, Leroux, et même le malheureux Pierre Eudes qui n'y était pour rien, dans un même bain médiatique.

Or les télévisions et radios avaient posé leurs équipes aux abords de la villa de Leroux en fin d'après-midi et Faidherbe n'avait pu éviter le micro trottoir de circonstance, devant la porte d'entrée principale, la bâtisse de briques et pierres en arrière-plan à droite, le mur d'enceinte de la rue Lahure à gauche.

Le policier avait cédé à la pression des medias avec d'autant plus de patience qu'il servait de diversion ; ainsi le légiste put-il entrer incognito et autopsier Leroux sur la table de son salon, ni vu ni connu. Le brave homme avait accepté, compte tenu des circonstances, de la notoriété de la victime et de la qualité de son mobilier, s'il fallait croire la rumeur des amateurs avertis.

Il fallait savoir maintenant ce que les spectateurs connaîtraient des faits par le prisme médiatique, une fois le montage réalisé. Parmi eux pouvait se trouver un criminel et ses réactions allaient peut-être dépendre désormais du film dont il était la vedette terrifiante à écouter l'accroche du reportage. Le « cloueur » comme il venait d'être baptisé, avait lancé le *thriller* de l'été avant même le début officiel de la saison.

Une curiosité amusée avait aussi poussé Faidherbe à s'asseoir devant le « communiqué » comme il se plaisait à appeler le vingt heures par ce mot au charme désuet. La journée avait été épuisante, il avait besoin de se détendre un peu avant de la terminer par quelques appels téléphoniques. Le communiqué serait un divertissement comme les autres : son invraisemblable journée allait y trouver sa juste place.

Le journaliste télé, celui-là même qui avait interrogé Faidherbe, était un petit être tout rond, de la silhouette jusqu'aux pupilles qui virevoltaient dans leurs orbites aux seuls mots de « crime », « assassinat », « clou », « bulbe rachidien »... Le reportage avait commencé par un plan d'archives sur la falaise d'aval, le commentaire rappelait très approximativement les découvertes macabres de la semaine. On voyait ensuite l'enseigne du pub de Quenail et un gros plan du visage de son patron dont l'expression fermée indiquait qu'on n'avait tiré aucun mot de lui. Puis, après l'annonce de la mort de l'écrivain, venait l'interview de Faidherbe. Le journaliste avait posé sa première question au commissaire qui ne savait trop où regarder, de l'interviewer ou de la caméra :

– Après la découverte de deux corps atrocement mutilés, c'est au tour de l'écrivain renommé Maurice Leroux de trouver la mort dans des circonstances pour le moins mystérieuses. L'enquête paraît bien difficile n'est-ce pas commissaire ?

Gros plan sur le commissaire qui constata en passant les doigts sur sa joue droite que son rasage calamiteux avait laissé des traces. Tant qu'à faire dans le sanglant, autant afficher le programme sur le visage du flic de service. Il se souvenait avoir vu un grand échalas se frotter les mains derrière la caméra. Il comprenait maintenant pourquoi.

– Non, écoutez, d'abord les corps retrouvés n'étaient pas mutilés et le décès de M. Leroux n'a rien à voir avec ces affaires sur lesquelles nous enquêtons en ce moment. M. Leroux est certainement décédé de mort naturelle, voilà...

Faidherbe sourit. Il était certain d'avoir ajouté « Il ne faut pas tout confondre quand même » mais les monteurs avaient dû jouer du ciseaux sur cette phrase. On distinguait en arrière plan la silhouette kaki du docteur de Bellegueuse qui descendait l'allée de la villa de son pas martial, comme au petit trot, les pans de sa gabardine flottant alternativement, sorti par une porte tandis que le légiste entrait par une autre. Le commissaire l'avait retenu chez Leroux afin que Lalouette, que Faidherbe avait temporairement confié à la garde de son chauffeur, fût calmé par quelque imposition des mains dont le médecin avait le secret. Consigné dans sa chambre, Hugues dormait, comme Nanny, toujours assommée par l'overdose de sherry. Deux gendarmes veillaient tout ce petit monde pendant que Faidherbe avait procédé à une nouvelle investigation de la maison, sans succès. Lalouette, ignorait encore la vraie cause de la mort de l'écrivain. Il avait été incapable de dire quoi que ce fût à propos de son agrafeuse ; il semblait en avoir même oublié l'existence.

– Vous dites « certainement décédé » commissaire, vous avez donc un doute ?

– Euh… non, « certainement » signifie « avec certitude », comme « sans doute »…

– Oui, mais quand on dit « sans doute » c'est qu'on doute : Leroux a donc sans doute été assassiné ? Mais est-ce bien certain ?

De Bellegueuse le sortit de ces arguties linguistiques.

– Justement, voici le docteur de Bellegueuse qui va lever tous vos doutes.

Faidherbe passa hors champ. Le docteur se planta devant le micro et sans même attendre de question fit une déclaration officielle, de celles que font les porte-parole de gouvernements les jours graves, voix haute, ton solennel.

– L'écrivain Maurice Leroux est décédé ce jour à douze heures quarante-sept d'une attaque cérébrale. Il était âgé de quatre-vingt quinze ans. Cette grande figure de la littérature internationale laisse une œuvre considérable…

Le commissaire ricanait maintenant devant son poste, le journaliste n'avait pu placer une parole dans le discours fleuve du médecin. C'est à ce moment que le policier avait été abordé par le rédacteur en chef de *L'Echo des Falaises* à la recherche de Lalouette. L'homme était furieux. Qu'est-ce qu'il foutait ? C'était son oncle quand même…. Il savait, lui, ce qui s'était passé. Faidherbe l'avait calmé en lui assénant : un, que son journaliste était le témoin-clef qu'il avait besoin de garder, deux qu'il fallait le soustraire à de possibles admirateurs fanatiques de S.0.S. 017, capables de commettre un acte irréparable sur sa personne, trois qu'il aurait l'exclusivité des révélations autorisées, s'il y avait des révélations, avait-il conclu *in petto*.

Le commissaire se leva pour éteindre mais arrêta son geste à proximité du poste, le nez presque collé à l'image. En arrière-plan, derrière le docteur, au bout du mur de la propriété et au niveau de la porte qui donnait sur la rue, une petite silhouette poussait un chariot grisâtre.

– Nom de Dieu ! L'Anglaise ! La poubelle !, s'écria Faidherbe.

Le commissaire remit à plus tard la dégustation de la piperade qui mijotait au bain-marie – conserve d'élaboration personnelle – et qui devait lui servir de dîner.

Il se précipita sur le téléphone. La ligne de Perchet était occupée. A peine avait-il raccroché que sa propre sonnerie retentit.

– Perchet, patron. Je viens de vous voir à la télé. Ils ne vous ont pas gâté.

Les grands esprits se rencontrent, pensa Faidherbe.

– Fais-moi grâce de ta pitié. Prends ta voiture et file à Etretat fouiller les poubelles de la maison Leroux !

– Mais patron, je devais repasser au bureau voir où en était le jeune Etrela avec la déposition de Lalouette. C'est sa première vraie affaire, objecta Perchet. Il est trop tendre, il n'obtiendra jamais d'aveux.

– Je ne veux pas d'aveux du neveu, je veux des preuves matérielles dans cette affaire, avant tout. Je parie que la cloueuse est dans la poubelle.

– Quelle cloueuse ?

– Leroux a été piqué à la nuque comme les deux autres.

Silence au bout du fil. Le commissaire reprit :

– J'irai voir Etrela. Tu nous y rejoindras et en profiteras pour me livrer tout ce que tu as découvert cet après-midi. La soirée n'est pas finie. Si la télé traîne encore là-bas, fais des détours pour ne pas être filmé. Tu es beau garçon, je sais, mais attends encore un peu pour jouer les grands rôles.

Au commissariat, Lalouette avait trouvé en la personne de l'inspecteur Lebru un admirateur qui ne se lassait pas de sa faconde. Les anecdotes pittoresques concernant les personnalités qu'il aurait approchées s'enchaînaient. La déposition devenait un discours fleuve, l'occasion pour le journaliste quadragénaire de dicter ses mémoires. Etrela, qui n'y pensait pas, aurait été trop timide pour oser interrompre les digressions à tiroirs d'un homme qui, à l'en croire, était à lui tout seul le Rouletabille, l'Isidore Bautrelet, l'Albert Londres, le Stépan Berg et le Manolo de Brame de la Côte d'Albâtre.

A l'entrée de Faidherbe, Lalouette eut un regain de chagrin et d'apitoiement sur lui-même :

– Ah, mon cher commissaire, j'ose espérer que vous ne venez pas me réconforter. Ce serait peine perdue. Je suis un orphelin inconsolable. M.L. est parti, je suis désormais seul dans la vie, c'est un vrai cauchemar, je n'ai plus goût à rien. Tenez, votre jeune inspecteur m'a proposé un sandwich et une bière, je n'ai pas pu avaler le jambon beurre. Il reste là, si le cœur vous en dit.

– Je vous remercie, j'ai déjà dîné. Quant à vous, mon cher, il est temps de vous mettre à table pour de bon.

Il eut un geste négligent vers la liasse des déclarations du journaliste crachées par l'imprimante posée à côté d'une ramette de mille feuilles qui encombrait le bureau d'Etrela.

– Je vais relayer l'inspecteur et vous allez me redire ce qui s'est passé en quelques mots et sobrement.

Faidherbe s'assit à côté de Lalouette et fit un signe à Etrela qui reprit des feuilles blanches sur son tas et alimenta l'imprimante. Le jeune inspecteur reposa les mains sur le clavier de l'ordinateur avec l'air concentré d'un concertiste qui se prépare à une interprétation magistrale. Faidherbe admirait la dextérité et le doigté de son subordonné. Dans son jeune temps, il y avait encore des secrétaires dans la police et il ne s'était jamais donné la peine d'apprendre à taper à la machine à écrire autrement qu'avec deux doigts.

– Vous êtes dans de sales draps, Lalouette, reprit le commissaire.

– C'est un accident, jamais je n'aurais cru mon oncle aussi fragile. Je l'ai à peine secoué par l'épaule, pleurnicha le neveu.

– Comment en êtes-vous venus là l'un et l'autre ?

– Vous n'imaginez pas à quel point il pouvait être dur et méprisant envers moi quelquefois. J'étais dans une passe difficile financièrement. Ma Triumph a besoin d'un lifting complet et d'une cure de jouvence mécanique d'urgence. Je fais venir des pièces spécialement d'Angleterre à prix d'or. Le mécano qui s'en occupe a les dents longues et me met le couteau sous la gorge : c'est la totale ou la casse. Et moi, sans ma Triumph, je suis comme Samson sans sa chevelure, les filles d'ici vous le diront. Bref, j'ai demandé un prêt à un mauvais moment, M.L. était énervé, il l'a compris comme une avance sur l'héritage. Bien sûr il me l'a refusé, de plus il m'a traité de parasite, de sangsue, de fainéant, de bon à rien, de journaliste tout juste digne des chiens et des putes crevés – ça c'était pour Annabelle – et pour couronner le tout il m'a accusé de lui avoir volé son testament. Il était tellement hors de lui qu'il en a retrouvé l'usage de ses jambes ; ça faisait bien deux ans que je ne l'avais pas vu debout. Il s'est dressé devant moi, pointant un index décharné sur mon visage avec un regard halluciné de méchanceté. J'ai cru qu'il allait me crever un œil comme lui. Il m'a fait peur. Par réflexe, je l'ai repoussé dans son fauteuil un peu brutalement, je le reconnais. C'est à ce moment-là qu'il a perdu connaissance. Je lui ai asséné deux ou trois gifles pour le ranimer. Rien à faire. C'était plus grave. J'ai bondi dans sa chambre pour aller chercher ses gouttes. Ce n'était pas la première fois qu'il nous faisait un malaise.

Faidherbe interrompit son interlocuteur :

– Pourquoi n'avez-vous pas appelé Mlle Utler qui s'occupait de lui ?

– Commissaire, à quarante ans révolus, je sais me passer de Nanny pour faire face à la situation. Et puis je pensais que tout se règlerait avec son médicament.

– Combien de temps l'avez-vous laissé seul ?

– Dans l'état d'émotion où j'étais, ça m'a paru bien long. Plusieurs minutes car cette potion demeurait introuvable : ni sur la table de nuit, ni dans le tiroir, ni sur le bureau. Elle était tout bêtement dans l'armoire à pharmacie de sa salle de bain où j'ai fini par penser à la chercher. Mais quand je suis redescendu…

La voix d'Hugues Lalouette s'étrangla dans sa gorge. Il s'essuya les yeux du dos de la main. Etrela avait cessé de pianoter sur son clavier et se tortillait sur sa chaise, gêné d'assister à l'effondrement de l'aventurier des rotatives. Le commissaire posa une main compatissante sur l'épaule de son témoin :

Il faut aller jusqu'au bout, monsieur Lalouette.

Hugues soupira longuement et laissa filer doucement avec la petite voix qu'il avait eue au restaurant quelques heures plus tôt pour s'accuser de la mort de Maurice Leroux.

– Quand je suis redescendu, tonton était mort. Plus de respiration, l'œil unique ouvert mais vitreux, la mâchoire inférieure relâchée.

De nouveau, silence, soupir. Puis, portant son regard au-delà des hommes qui l'écoutaient, Lalouette reprit :

– Vous vous rendez compte ? Si je ne l'avais pas rassis de force, si j'avais cherché tout de suite dans l'armoire à pharmacie, à l'heure qu'il est, il serait encore là à m'agonir d'injures et d'accusations jaillies de la partie sénile de son cerveau et moi, je ne serais pas ici à épancher mon chagrin dans un commissariat de police. A quoi tout cela tient-il ? A quelques minutes. Je serais parti en claquant la porte ; quelques jours plus tard, je serais revenu à la charge et il aurait bien fini par les lâcher, les cinq mille euros que je demandais. La Triumph serait rajeunie. Tout le monde serait heureux comme avant. Tandis que maintenant…

– Maintenant vous êtes accusé de meurtre.

– Quoi ? s'égosilla le journaliste. Vous êtes devenu fou ?

– Votre récit est émouvant. Je suis sincèrement touché et je vous présente mes plus sincères condoléances, continua Faidherbe comme s'il n'avait pas entendu l'accusation. Il se leva et toute sa hauteur domina Lalouette.

– Vous avez oublié de nous dire qu'avant de recevoir quelques gouttes dans la bouche, votre oncle avait encaissé un clou de dix-neuf millimètres dans la nuque. Voilà ce qui l'a définitivement envoyé *ad patres*.

– C'est monstrueux !

– Je ne vous le fais pas dire et pourtant, j'ai de la sympathie pour vous mais chez moi, ça n'empêche pas l'examen professionnel des faits. Qui plus que vous pouvait avoir intérêt à supprimer votre oncle ? Il se préparait à changer son testament, sûrement dans un sens qui vous était défavorable. De plus, qui se balade ostensiblement avec une cloueuse et vient reconnaître sa responsabilité dans l'idée que tant de fausse naïveté l'innocentera ? Eh bien, dans ce bureau, nous avons les pieds sur terre et le goût de la simplicité : nous tenons avec vous un mobile, une arme, le lieu et le moment du meurtre. L'inspecteur Etrela, ici présent, est ébloui par la pureté de ce cas d'école, une affaire bouclée en moins de douze heures.

La porte s'ouvrit, Perchet s'introduisit silencieusement dans la pièce.

Le commissaire arpentait le bureau maintenant, tentant de faire les cent pas malgré l'étroitesse de l'endroit pendant que Lalouette le suivait des yeux, trop abasourdi pour réagir. Etrela avait compris et, sans imprimer ce qu'il venait de taper en suivant le récit du journaliste, créait un nouveau fichier pour une nouvelle déposition.

Faidherbe, que l'envie de quitter le bureau submergeait, s'arrêta soudain et d'un ton sec lança à Lalouette :

– Vous êtes en garde-à-vue maintenant. L'inspecteur Etrela va reprendre vos déclarations depuis le début et autant de fois que cela sera nécessaire jusqu'à ce qu'il n'y ait plus de zones d'ombre dans vos explications. Et plus de cachotteries non plus : cherchez bien ce que je veux dire, je vous donne trois indices : testament, jumelles et parapluie. Et pour faire bonne mesure, dites-nous ce qu'est devenu le numéro vingt-sept !

Il fit un geste et Perchet s'avança vers la masse avachie du suspect numéro un à qui il passa les menottes en un tournemain. Le commissaire et son adjoint abandonnèrent le jeune et nouvel inspecteur Etrela et son cobaye.

– Reconduis-moi chez moi, s'il te plaît, ordonna Faidherbe à Perchet, en chemin tu me rapporteras ce que tu as découvert.

Ils descendirent la rue Lafaurie en direction de la mer. A cette heure, la ville semblait morte. La fenêtre éclairée du petit commissariat de la rue de l'Alma était le seul signe de vie. Faidherbe lança comme une remarque :

– Mon répondeur est en panne. Il n'enregistre plus aucun message.

– Je l'ai remarqué. Si seulement vous aviez un portable comme tout le monde.

– Justement, je ne suis pas tout le monde. Alors, l'agrafeuse-cloueuse était bien dans la poubelle ?

– Tout juste. Je viens de la déposer au labo. Je leur ai dit de vous appeler chez vous à n'importe quelle heure dès qu'ils auront jeté un coup d'œil dessus.

– Ils devaient me donner des informations sur les clous. Tu as quelque chose ?

– Il paraît que chaque appareil laisse des rayures caractéristiques sur les clous, comme un canon d'arme à feu sur une balle. Dans l'après-midi, les gars du labo m'ont dit qu'Anselme Oulbec n'avait pas été trépané par la même cloueuse qu'Annabelle Tourte.

– Je m'en doutais, commenta la commissaire, on a peut-être voulu nous faire croire à un tueur en série, c'était un leurre, mais ça complique tout : ce n'est plus un assassin qu'il faut démasquer mais deux, sinon trois. Jimmy Lefèvre rentre dans la course : il a très bien pu tuer Annabelle, quelqu'un d'autre massacrer le vieil Oulbec, un troisième meurtrier s'en prendre à Leroux.

– Il n'y aurait aucun lien ?

– J'en vois au moins trois : le même lieu, la même arme, les mêmes enquêteurs, nous. Sachons rester modestes : je pense sincèrement que nous n'entrons pas dans le calcul des assassins. Quant à ceux qui croient résoudre un problème par l'assassinat, ils font la preuve qu'ils ont la vue courte ; en tout cas, à ce moment-là, ils se sont montrés cruels mais guère malins, c'est pourquoi je suis toujours optimiste quand nous avons un cadavre. Les disparitions me laissent plus inquiet. Pour l'arme, j'ai une idée : les deux suivants ont piqué l'idée de la cloueuse au premier. C'est le premier qui m'intrigue le plus. Je creuse encore. Attention, Perchet, bon Dieu !

Le commissaire venait de crier, effrayé par une voiture que son adjoint avait évitée *in extremis*. Perchet, absorbé par la conversation, venait de griller le stop de la rue Bellanger. Coups de freins et coups de klaxon réveillèrent tout le quartier.

– Gare-toi là, je continuerai à pied dit Faidherbe. Ta conduite me fait trop peur.

Cependant il ne descendit pas immédiatement de la voiture ; il avait encore quelques renseignements à collecter.

– Tu as trouvé une photo de Lefèvre ?

– Une photo de Jimmy et d'Annabelle au temps de leur jeunesse.

L'inspecteur la tendit à Faidherbe qui la regarda brièvement, l'éclairage du tableau de bord et de la ville ne se révélant pas suffisant pour distinguer finement les traits des deux personnes qui se tenaient par le cou en souriant.

– Je la garde, si tu permets, dit le commissaire en la glissant dans la poche intérieure de son imperméable. L'opération lui prit quelques secondes car l'étroitesse du véhicule le gênait dans ses mouvements. Pendant ce temps, Perchet enchaînait.

– Je l'ai trouvée chez les parents de Jimmy, des anciens buralistes à Graville. Ils ont gardé ses affaires quand il était sous les verrous et il n'avait pas tout récupéré. C'était leur fils unique, il avait mal tourné, ils en avaient honte mais ils y tenaient quand même. Ils mettent tout sur le compte d'Annabelle : la délinquance, la drogue, les trafics, la prison, tout. Ils pensent même qu'elle s'est suicidée pour l'emmerder.

– Et le petit ?

– Ils ne veulent rien savoir ; d'ailleurs Jimmy ne l'a pas reconnu ; il ne savait pas qu'elle était enceinte quand ils se sont séparés peu de temps avant de tomber. Ils ne l'ont jamais vu, ce gosse, et pensent qu'il était d'un autre.

– D'un autre ?

– De n'importe quel autre. Pour eux, c'était une traînée qui a dévoyé leur cher petit.

– Et toi, tu sais qui elle était ?

Le commissaire scrutait le visage de son adjoint dans l'obscurité du véhicule. Le personnage d'Annabelle Tourte, point de départ de la série tragique des morts d'Etretat, devait contenir dans son histoire une clef qui donnerait prise à toute l'enquête. Il devait y avoir un lien. On ne pouvait croire aux coïncidences. Il espérait que Perchet avait glané quelque renseignement décisif, même à son insu, et s'apprêtait à l'écouter pour en retenir tous les termes presque par cœur.

– Son passé est chargé de malheur. C'est une orpheline : ses parents sont morts en se rendant aux Vingt-Quatre Heures en 2 CV, une sortie de route contre un arbre, en pleine nuit. Pas de famille : sa propre mère était née sous X en 45. Elle et son mari étaient des enfants de la guerre, élevés tous les deux par l'Assistance publique. C'est rigolo, elle se prénommait Eva et lui Rodolphe, presque comme dans Flaubert : Emma et Rodolphe.

– Tu lis trop de littérature, intéresse-toi plutôt à l'histoire contemporaine : Eva et Adolphe. C'est moins rigolo mais peut-être plus éclairant.

Perchet enchaîna sans relever.

– Ironie du sort, la fille s'est retrouvée dans la même situation, orpheline prise en charge par l'Assistance. A seize ans, elle a fait connaissance de Lefèvre, qui commençait à tourner mal, et elle n'a pas tardé à devenir complice de ses petits trafics de minable. A dix-huit ans, elle a touché une assez forte somme d'origine inconnue pour l'instant. Il n'a fallu que peu de temps au jeune couple pour la dilapider : vie de farniente dans des hôtels exotiques hors de prix, drogue chic. Cela leur a donné des goûts de luxe et des besoins tyranniques. Tout était bon jusqu'à ce qu'elle tombe enceinte. A ce moment-là, elle a rompu avec Lefèvre qu'elle voyait incorrigible. C'était trop tard, elle était compromise jusqu'au cou. La justice l'a rattrapée : cinq ans fermes, le bébé est né en prison, puis il lui a été retiré, en particulier à cause de son passé de toxicomane et jamais rendu. La suite, vous la connaissez : foyer de réinsertion, puis le *Connemara*. J'ai toutes les dates et les adresses ici.

Perchet tendit un feuillet plié à son supérieur qui le mit dans sa poche.

– D'où tiens-tu ces tuyaux ?

– Le fichier central, l'association qui s'est occupée d'elle et même son avocat d'alors qui a bien voulu me dire quelques mots, en souvenir d'elle, compte tenu des circonstances de sa mort.

– Et Lefèvre?

– Il semble qu'il ait voulu la revoir dernièrement. La preuve, il était là le soir de sa mort et il est revenu mourir à Etretat.

– Pas d'homme ?

– Personne ne m'a rien dit.

– On fera avec ça, mon garçon, je te remercie. Je rentre me coucher. Rendez-vous demain au bureau, à moins qu'une mouche ne tombe encore à Etretat.

Le commissaire était sorti, avait claqué la porte du coupé 206 de son subordonné quand il entendit la vitre descendre et Perchet le héler, penché en avant, le corps au-dessus du siège du passager, l'air intrigué.

– Patron, qu'est-ce que vous allez faire de Lalouette ?

– Rien.

– Je ne comprends pas.

– Puisqu'il faut te mettre les points sur les i, Lalouette, c'est mon miroir. Tu ne comprends toujours pas ? Mon miroir aux alouettes. Bonne nuit.

Sur ces mots, d'un même mouvement, Faidherbe s'enfonça dans son pardessus et dans la nuit face au vent chargé des senteurs de varech, en direction de son immeuble à quelques mètres de l'Office de Tourisme, boulevard Clémenceau, où il louait un F 3, face à la mer. La marche à la fraîche le ragaillardit et contrairement à ce qu'il avait annoncé, il n'avait plus l'intention de se coucher. Un bouillonnement d'énergie le rendait euphorique et presque exalté comme s'il avait ingurgité un litre de café. Il s'engouffra avec le vent dans l'entrée de son immeuble, poursuivi par le cliquetis des drisses des bateaux du port de plaisance qui vibraient avec affolement dans son dos et, sans avoir la patience d'attendre l'ascenseur, monta quatre à quatre jusqu'à son appartement, au quatrième.

Il se jeta sur le téléphone.

– Ah, patron, je ne cesse d'essayer de vous avoir, s'exclama Etrela, dont la voix exprimait à la fois l'inquiétude et le soulagement. Notre client a piqué une crise et m'a fait une tentative de suicide, j'en suis encore tout retourné.

– Et comment ça ? demanda Faidherbe, un peu surpris tout de même.

– Pendant que je me penchais sur la corbeille à papier, il s'est jeté sur l'ordinateur et a tenté de s'étrangler avec le cordon de la souris.

– C'est du chiqué.

– Peut-être, mais dans la bousculade qui a suivi pour le maîtriser, on a fichu la bécane par terre et le disque dur est mort : ma bouteille d'Evian s'est vidée dessus. Toutes ses déclarations successives sont perdues.

On devinait qu'Etrela malgré sa timidité et son admiration encore récente pour tous les gens qui, comme son patron et Lalouette, paraissaient avoir mené des vies plus pleines que la sienne était prêt d'exploser : des heures de frappe réduites à néant, même un subordonné docile et patient avait du mal à encaisser ça.

– Qu'est-ce qui a déclenché cette tempête : le testament, les jumelles, le parapluie ou le numéro vingt-sept ? demanda le commissaire.

– C'est le parapluie. Qu'est-ce que je fais, maintenant ?

– Envoie-moi une voiture, je te rejoins. Dis donc, toi-même tu es venu comment au bureau ce soir ?

– Avec ma Clio, comme chaque fois que je suis de nuit.

– Très bien. Prépare-nous un café et sors tes clefs : cette nuit, j'emprunte ta Clio pour une virée nocturne.

– Je commence juste à payer les traites, chef, après trois mois de crédit gratuit, s'alarma le lieutenant Etrela, qui avait entendu dire que son commissaire, qui n'avait pas d'automobile personnelle, ne savait pratiquement pas conduire.

En attendant la voiture de service, Faidherbe appela le labo. A cette heure de la nuit, il y avait encore quelqu'un ; ces gars du labo étaient des passionnés qui n'hésitaient pas à faire des heures supplémentaires dès qu'un problème épineux ou pointu leur était soumis. C'était Vichy au bout du fil, un gars excessivement gentil, tout à fait semblable à Jerry Lewis dans son rôle de chimiste dans *Doctor Jerry and Mister Love*, que ses collègues préféraient appeler Pastille, parce qu'il était très pâle de teint et qu'il s'excitait furieusement sur une trouvaille, auquel cas le bruit couraient de paillasse en paillasse que Pastille était effervescent. Lui-même avait adopté ce surnom pour couper court aux plaisanteries et en diviser le nombre au moins par deux.

– Pastille. Oui, commissaire, le légiste nous l'a transmis, j'étais dessus moi-même, et je suis catégorique, ce troisième clou est rayé à l'identique du deuxième, pas du premier. J'ai fait un essai de l'outil que m'a apporté Perchet tout à l'heure : c'est de celui-là que viennent ces deux clous. Des empreintes ? Bien sûr, plein, quelques unes, un peu effacées ou se chevauchant mais toutes identiques et venant d'une même personne, un homme d'âge adulte à la peau grasse. J'ai envoyé à l'identité judiciaire, j'attends le retour. Au plus tard demain matin. Tout le plaisir est pour moi, monsieur le commissaire.

A l'hôtel de police, le bureau de ses inspecteurs semblait avoir été ravagé par un vent de bourrasque. Etrela, qui en tremblait encore, s'était fait aider du planton, d'un autre gardien de la paix de permanence et de la femme de ménage qui ne cessait de se lamenter de ce surcroît de travail. Ils avaient réussi à remettre un peu d'ordre. Dans un coin, Hugues Lalouette faisait la tête, affalé sur une chaise, les Church rutilantes croisées sur l'assise d'une autre. Faidherbe s'adressa d'abord à lui :

– Alors, monsieur Lalouette, à peine ai-je tourné le dos que vous sombrez dans la dépression et nous organisez une petite tornade des zones tempérées. Comme ça, vous voulez faire vous-même la une des journaux : « Après l'oncle, le neveu s'étrangle sur sa déposition ». Victime d'une bavure, peut-être ?

Lalouette avait l'œil abattu, la lippe tombante et désabusée. Ses vêtements plus fripés qu'à l'ordinaire, une manche décousue au niveau de l'épaule, témoignaient qu'il avait résisté à ses sauveteurs.

– Je veux un docteur et mon avocat. On va rebrûler Jeanne d'Arc ici.

– Vous êtes au Havre, pas à Rouen, rassurez-vous. C'est vous qui faites votre tête de cochon. Par ailleurs, dans quelques minutes, je vous relâche.

Etrela se figea de stupeur, près de lâcher le moniteur du PC, qu'il changeait de place. Le journaliste, qui flairait un piège, ne donna aucun signe de satisfaction. Il rétorqua aigrement :

– Vous êtes un flic inconséquent ou sournois. Il y a une heure, j'étais en garde-à-vue, maintenant je suis libre. Mais est-ce que je suis innocent ? Vous vous en foutez. Vous avez votre coupable tout désigné, un journaliste, la terreur de tous les policiers du monde, quelle revanche. Par sadisme, vous jouez au chat et à la souris. C'est abject, ignoble mais j'aurai tous les Zola de la terre pour moi dès que le monde saura !

– Personne ne saura rien, Lalouette. Vous allez répondre gentiment à la question que je vous poserai, et je vous promets que je vous relâche aussitôt. Etrela vous trouvera un hôtel discret pour que vous finissiez la nuit sans être assailli par une horde de collègues près à vous déchirer pour obtenir un scoop sur la mort de votre oncle, qui a parue louche à plus d'un.

Le commissaire s'approcha de l'oreille du journaliste rougie par l'échauffourée et, comme un confesseur, lui demanda :

– Depuis quand et combien de fois avez-vous pourvu votre oncle en cocaïne ?

Hugues Lalouette eut un recul de surprise puis avança pour glisser dans l'oreille du commissaire avec un air de contentement malicieux :

– Jamais. C'était pour Nanny.

Faidherbe ne donna aucun signe d'étonnement et s'en tint à un très sérieux « Allez en paix, mon fils, vous étiez un bon neveu ».

Lalouette haussa les épaules.

– Vous êtes un comique dans votre genre. C'est pas valable. Vous n'êtes pas curé, et de toute façon je suis protestant et innocent.

D'un signe, le commissaire commanda à Etrela de le suivre dans le bureau adjacent.

– Dès que je serai parti tu libèreras le journaliste et comme je l'ai dit, tu le feras conduire où tu voudras, sous surveillance discrète bien entendu jusqu'à demain. Donne-moi les clefs de ta Clio, je retourne sur les lieux des crimes.

Ensuite, il appela la gendarmerie de secteur et demanda qu'on cessât toute surveillance autour de la propriété de feu Leroux. Qu'on garât seulement une voiture devant chez Justin Quenail pour rassurer les populations et éviter les conséquences d'un coup de sang possible de ce côté-là.

Il fit un peu crisser la boîte de la Renault qui entama ses premiers mètres en hoquetant de protestation sous le mauvais traitement. Puis rapidement il maîtrisa l'engin qui fila *piano* et *sano* dans les avenues vides du Havre, monta la côte de Sainte-Adresse et s'enfonça dans la nuit cauchoise.

CHAPITRE 9

Au mot « poudre », Rotha hoquette, Faidherbe s'enfume

C'était une nuit sans lune, mais une clarté diffuse se laissait encore deviner à gauche du véhicule. Quelques filaments rougeâtres striaient le ciel à l'ouest. Le commissaire laissa derrière lui les bourgs d'Octeville, Cauville, Manevillette. Il passa Saint-Jouin Bruneval où, lui avait-on dit, le plateau de la falaise était criblé de blockhaus, certains de taille considérable. A l'approche d'Antifer il se souvint vaguement du port pétrolier qu'il avait découvert au début de son exploitation alors qu'il y avait accompagné un ministre de l'époque. Une base de l'Otan était implantée aussi non loin de là, désaffectée maintenant depuis de nombreuses années. Un collègue lui avait dit avoir vu un soir qu'il était chargé de dissoudre une *rave party* naissante, des grandes barges en béton qui s'effritaient tranquillement sur la grève. Faidherbe se rappelait surtout une rampe immense pointée vers la mer et quelques installations pour le ravitaillement des navires de la marine nationale. Toutes les falaises du coin étaient décidément piquées de béton et de ferraille. Et tous ces morceaux de métal étaient lourds de leur passé. Un frisson parcourut sa nuque au souvenir de celui qu'il avait vu fiché dans le blanc crayeux de la peau de Leroux.

Il mit en route le lecteur CD de la Clio et subit immédiatement l'assaut d'une batterie à la frappe martiale. Il chercha en panique la touche de réglage du volume mais la nuit, la conduite ou la complexité de l'appareil rendaient la tâche difficile. Une voix ténébreuse de spectre anglo-saxon emplit alors l'habitacle du véhicule « *Confusion in her eyes that says it all - She's lost control* ». Faidherbe maudit son subordonné d'avoir des goûts musicaux aussi lugubres, lui qui ne jurait que par la musique ancienne et surtout les *Tenebrae* de Gesualdo. La basse carillonnait comme un bourdon d'église étouffé sous une pluie de cendres et la guitare sonnait comme une scie circulaire prise de hoquets. *« And she gave away the secrets of her past »* continuait le psychopathe qui devait tenir lieu de chanteur. Faidherbe saisit pourtant avec son petit niveau d'anglais ces quelques paroles qui semblaient bizarrement résonner juste sur le parcours vers Rotha Utler. Etrela avait programmé la fonction *repeat. « She's lost control, she's lost control again. »* L'esprit du commissaire se perdit alors dans cette chanson complètement étrangère à sa culture musicale et dont pourtant les paroles répétées le fascinaient : sous quelle emprise Nanny Rotha Utler avait-elle pu perdre le contrôle d'elle-même au point de jouer elle aussi de la cloueuse sur la nuque de l'écrivain ?

La Clio jaune maltraitée par une conduite sous contrôle précaire poursuivit sa route, un punk-rock à plein volume couvrant les soubresauts du moteur.

Le commissaire se sentait indéfinissablement mal lorsque la voiture descendit la rue Cochin en direction de la villa de feu Leroux. Ses mains glissaient sur le volant, ses jambes étaient molles sur les pédales, sa gorge serrée. Outre la mélopée spasmodique qu'il subissait encore dans ses oreilles fatiguées, il se dit que ce malaise passager venait certainement d'un manque de sucre et que la vieille gouvernante devrait le restaurer à son arrivée. Peu de pauses lui avaient été concédées depuis le début de cette enquête et il commençait à être sérieusement épuisé. Le tout était de ne pas se laisser tomber dans les bras de la gouvernante. Malgré sa petite taille, la femme était robuste, encore forte. Elle retiendrait certainement sans difficulté sa masse corporelle en léger surpoids. Elle pouvait déplacer un morceau conséquent cette petite bonne femme. Tous les meubles bougeaient dans la maison comme le commissaire l'avait remarqué par ses deux visites. Elle pouvait bien bouger un corps aussi, non ? Vivant de préférence.

Il arrêta la Clio à demi à cheval sur un trottoir de la rue Lahure et coupa le contact. Il sortit complètement nébuleux du véhicule, les tympans noyés dans un *la* saturé et étourdissant. Il était depuis longtemps à demi myope et désormais presbyte, il ne lui manquait plus que des acouphènes pour préparer son entrée dans le troisième âge. Il parcourut péniblement les derniers mètres du chemin de gravier qui menaient à la porte d'entrée, à laquelle il fallait encore accéder par trois ou quatre marches en grès. Son buste était un cube de béton pesant des tonnes sur des jambes de papier. Il s'octroya une station en bas des marches car le souffle lui manquait. Il sonna enfin un carillon qu'il n'entendit pas. La porte s'ouvrit immédiatement. Il s'effondra sur les genoux devant la petite silhouette sombre qui lui apparut alors immense dans le contre-jour de la lumière du vestibule.

– Un problème, commissaire ? demanda une voix un peu grêle d'un ton impassible.

– Une faiblesse passagère... Ça va aller, répondit-il d'une voix chevrotante, celle qu'il aurait à sa dernière heure.

Nanny l'aida pourtant à se relever d'une main ferme passée sous le coude. Elle avait bien de la poigne la vieille anglaise pensa Faidherbe, peu fier de son arrivée en catastrophe et de cette *pietà* burlesque.

– Je ne vous dérange pas...

– Je vous attendais, commissaire.

– Ah ?

– La police revient toujours une deuxième fois. Je connais.

Il remarqua pour la première fois son étrange accent, anglo-saxon bien sûr, mais quand même un peu plus saxon qu'anglais. Elle le crochait toujours, comme l'aurait fait une vieille maîtresse attentionnée.

Elle le conduisit ainsi vers le salon.

Leroux reposait au milieu, sur la grande table, étendu à même une couverture réfrigérante dont on voyait le fil électrique disparaître vers le mur. Une autre couverture de laine était pliée en deux sur lui des pieds jusqu'au cou. Sa petite tête d'oiseau de proie, bandée par le médecin légiste et devenue d'une blancheur de mouette, grimaçait en haut de la silhouette. C'était les grands froids de la veillée mortuaire. Mais, étrangement, pour lui qui n'aimait pas les cadavres, Faidherbe se sentit mieux devant Leroux, comme si le poids de son angoisse venait d'être délesté d'un coup sur le petit corps de l'écrivain qui, figé dans la mort, paraissait maintenant peser autant qu'un marbre grec.

– Vous prendrez quelque chose… Un sherry ?

Dans les dernières brumes de son malaise, Faidherbe eut un bref instant l'impression qu'elle venait de l'interpeller d'un « hein chéri ? » complètement incongru. Le temps de réaliser, Nanny avait déjà posé une bouteille aux pieds de l'écrivain et retirait des verres dans le haut de buffet normand. Faidherbe faillit s'asseoir dans le fauteuil qu'occupait Leroux à ses derniers instants.

– Si vous n'y voyez pas d'inconvénients, je préférerais qu'on partage ce petit remontant dans un autre endroit.

– Bien. Passons à la cuisine alors, proposa Nanny qui, deux petits verres en cristal passés entre les doigts, saisit habilement de la même main la bouteille.

– C'est ça, allons cuisiner…

Il suivit la gouvernante qui trotta menu vers la cuisine, attenante à la salle à manger dont elle était séparée par une porte discrètement fondue dans la tapisserie de la pièce. Du plafond, la lumière franche d'une ampoule nue illumina la pièce. La cuisine était vaste, occupée en son centre d'une longue table de ferme avec six chaises du même bois. Un immense fourneau en fonte verte début XXe trônait sur le mur et n'échappait pas sur sa droite au cortège traditionnel des casseroles et poêles en cuivre. On était un siècle avant Ikea ici, et pas loin de *Cuisines et logis de France*, n'étaient le dénuement décoratif de l'ensemble, la patine de poussière des meubles et les cicatrices provoquées par la maladresse de Lalouette ou par les colères loufoques de l'écrivain. Au fond, une porte donnait sur l'extérieur. A côté, une fenêtre à guillotine laissait percevoir par la clarté de la cuisine la silhouette du conteneur de poubelles aperçu à la télévision. L'Anglaise s'assit en silence au bout de la table, sous la fenêtre. Elle posa devant elle la bouteille de sherry et les deux verres les pieds en l'air. Elle croisa ses mains sur la table. Ses doigts étaient fins, sa peau encore lisse. La tête baissée, le regard dans le vague, sa conscience sembla s'éteindre un instant. En professionnelle, elle préparait son interrogatoire.

Faidherbe devait jouer finement pour espérer obtenir quelques confessions, voire des aveux complets, de la part de la vieille Anglaise. Les conversations à la *Taverne des Trois Bénédictins* lui en avaient appris long sur elle. Entre les élucubrations des autochtones, les ragots d'étals de marchés et les fantasmes historiques, des bribes du passé de la vieille gouvernante paraissaient fiables. On connaissait par cœur son épisode de traîtresse britannique chez les anciens du village et peu avaient manqué de le rappeler en long et en large au commissaire quand on abordait le sujet de la villa Leroux, même de loin. On se délectait des évocations de cette période, en particulier des anecdotes concernant Rotha qui faisaient oublier leurs propres lâchetés ou compromissions à ceux qui les racontaient. Les vrais héros se taisaient, méprisant dans le mutisme les esprits avides de faits d'armes ennemis et cette fascination toujours ambiguë pour le vert-de-gris et les gabardines cirées. Mais Rotha excitait d'autant plus les esprits qu'on n'entrevoyait plus d'elle qu'une frêle silhouette à travers les croisées de la villa ou seulement lorsqu'elle sortait furtivement les poubelles. Personne ne l'avait vraiment vue vieillir de sorte que son image de mignonne nazie anglaise s'était figée dans certains esprits.

Qu'était-elle devenue entre la défaite nazie et son emploi chez Leroux ? Les suites immédiates de la Libération restaient obscures. Certainement avait-elle été accueillie par un habitant lié à son réseau. Elle réapparaissait – si on peut le dire de quelqu'un qu'on ne voyait jamais - que des années plus tard dans le conseil d'administration de la clinique Epstein, sous le nom de Rita Hama, où elle officiait en tant que secrétaire para-médicale. Et Rotha-Rita n'était plus alors qu'une voix de téléphone, occupant un bureau invisible de cette villa qui n'avait été autre que la *Kommandantur* sous l'occupation. Beaucoup savaient cela mais on était alors moins loquace : le sujet de la clinique Epstein freinait vite les langues bavardes : c'était plus frais dans les esprits et plus embarrassant. Epstein avait manifestement réussi à entraîner pas mal de monde dans ses malversations et sa débâcle nosocomiale. Bien avant cette époque, sentant peut être très tôt le parfum d'une nouvelle défaite, ou parce qu'Interpol était peut être sur sa piste, Rotha était passée au service de Leroux. Son ami Epstein la lui avait aussi cédée parce que son petit-neveu, dix ans et orphelin, avait besoin d'un soutien de famille que le célibataire ignorant des choses enfantines refusait d'assumer. Il avait donc payé à Hugues

Lalouette une Anglaise à peu de frais. Dès lors Rotha fit oublier ses divers patronymes pour devenir Nanny. Faidherbe s'assit à côté d'elle.

– Vous pratiquez le tri sélectif dans cette ville ? demanda-t-il en désignant le conteneur.

Nanny sortit de sa torpeur. Son regard s'alluma d'une pupille bleu acier qui le fixa. L'autre œil était encore au repos.

– Oui.

– Et aujourd'hui, c'était le passage des encombrants, les « monstres » comme on dit. Ça tombait bien. Des monstres, on en a tous chez soi. Vous aviez des monstres à débarrasser Mlle Utler ?

Elle s'adossa lentement au dossier du siège, redressa la tête et le toisa. Ses deux pupilles étincelaient maintenant. C'était la même expression, avec le même rictus ambigu, qu'à l'instant où il l'avait trouvée au chevet de Leroux : mais en pleine lumière cette fois-ci. Il y avait comme dans un Hitchcock, du Norman Bates chez cette petite dame.

– J'ai beaucoup de monstres à débarrasser...

– Je suppose que le camion est passé ce soir. Alors il fallait faire vite pour déposer le conteneur.

– *That's right.* Après ça sent mauvais devant la porte.

– Oh, pas tant que ça. C'est que de la ferraille et du plastique. C'est parfois même encore en état de marche. Tiens, pas plus tard que cet après-midi, j'ai un collègue qui a trouvé une machine à clouer presque toute neuve dans une poubelle. Dans un conteneur un peu comme celui-là, derrière vous, couleur vert-de-gris.

Une parenthèse furtive s'ouvrit à gauche de la bouche de la gouvernante. Le rictus tournait au sourire navré.

– Vous avez la télévision ici ?

– *No.* Jamais eu.

– Dommage. C'est très instructif. On y voit de ces choses ! La poubelle dont je vous parlais, celle du collègue, eh bien elle était poussée par une petite dame tout comme vous. Et c'est à la télévision que j'ai vu ça figurez-vous ! Et cette petite dame, vous n'allez pas me croire… sur l'outil du collègue, elle a laissé les mêmes empreintes que les vôtres.

Faidherbe tendait son index. Un peu de bluff sur les détails maquillait les imperfections de l'enquête. Et pouvait accélérer les aveux. Elle eut une sorte de frisson guilleret.

– Un doigt de sherry, commissaire ?

Rotha déboucha la bouteille puis retourna les verres d'un geste vif et léger qui forçait l'admiration après une journée si chargée.

Maintenant, Faidherbe pouvait attaquer le monstre de front. Rotha semblait accepter une reddition sans condition. Il posa une main sur son avant-bras, un peu d'affection au moment décisif adoucissait l'épreuve.

– Pourquoi avez-vous fait ça, Mlle Utler ?

– Pour me débarrasser…

Ça paraissait si évident.

– Oui… mais pour quelles raisons précisément ?

Elle allait remplir un verre et arrêta son geste.

– Mais… Vous ne croyez quand même pas que j'allais l'exposer dans la collection d'armes de monsieur !

– Ah ! Je ne parlais pas de l'outil, je parlais justement de monsieur Leroux. Le clou.

– Oh, lui… J'étais *angry*. On ne s'entendait plus…

– Vous voulez dire… Enfin, vous étiez… Tous les deux…

– No, ah ! ah! ah – c'était un spasme plus qu'un rire – Depuis *Bornéo*, je faisais tout. Lui repassait un peu dessus, pour le style. Mais là, depuis un moment, il devient, comment dire, *unbearable*. Alors, clic !

– Seulement parce que… vous n'arriviez plus à écrire ensemble !

– *Yes* ! Enfin, *moi* j'inventais, lui rédigeait.

– Vous étiez donc en quelque sorte son... – Faidherbe hésita à dire le mot tant il paraissait inapproprié au passé du personnage – *nègre* ?

– Mais il ne voulait plus. Depuis un moment plus rien. Alors que j'ai trois quatre histoires sur le feu... Toute prêtes depuis un bout de temps.

Sa main désigna involontairement les fourneaux. Faidherbe se trouva stupide d'y jeter un œil. Elle reprit.

– Il allait le dire à la presse. Téléphoner au *Masque et la plume* pour leur avouer, il disait...

– En quoi cette révélation pouvait-elle vous gêner ? Au contraire, elle aurait rétabli la vérité sur vos talents... littéraires, non ?

Nanny plissa les yeux et regarda intensément le commissaire.

– Vous savez un peu mon passé commissaire...

– Un peu... oui.

– Il est aussi un peu... encombrant... non ? Et puis l'autre *silly boy* s'en est mêlé. Tout était... *big confusion ! Rubbish !*

– Ça va quand même être difficile à défendre tout ça, Mlle Utler. Il va falloir trouver quelques circonstances atténuantes... La poudre peut-être ?

Nanny eut une sorte de bref étranglement qui aboutit à une série de hoquets : l'idée de la poudre la faisait tousser.

– La poudre…

Son visage se ferma. D'un geste décidé, elle emplit les deux verres à ras bord. Elle avala d'un trait le contenu du premier et tendit le second au commissaire.

– Oui, allez, vous savez bien, la poudre… Lalouette.

Faidherbe, la gorge sèche, avala aussi tout le contenu de son verre, cul sec. « Poudre » : c'était manifestement un nouveau mot à déclencher des tempêtes. Rotha s'empourprait, l'entretien dérapait. Son visage jusqu'alors très pâle devenait même rubicond jusqu'aux oreilles. Comme si elle allait exploser de colère. Mais ce fut plutôt une implosion. Elle souffla les dents serrées, le menton tremblant :

– Mais… qu'est-ce qu'il en sait lui, le *silly boy*, de la poudre ?

Elle frappa du poing sur la table, les deux verres tombèrent, un nuage de poussière s'éleva.

– Il en sait quelque chose, croyez-moi, il a même…

Faidherbe s'interrompit. Il fut pris d'un subit éternuement. Puis ce fut la chute : un affaissement intégral du corps et de l'esprit qui parut le plonger à travers la chaise d'abord, et à une vitesse vertigineuse jusqu'aux soubassements de la maison, jusqu'à l'intérieur des canalisations les plus enfouies de l'édifice. Avec de nouveau un *la* strident dans les oreilles, il entrevit des images furtives de clous percutés dans le marbre d'un Leroux statufié en Adonis. L'écrivain portait des jumelles, un parapluie dansait autour. Effondré à ses côtés, Lalouette travesti en gouvernante pleurait. Puis ce fut un espace ouaté sans limite perceptible dans lequel il flottait, et où il entendit une petite voix grêle qui susurrait « *she's lost control, she's lost control again* ». Puis plus rien.

Il revint peu à peu à lui dans un brouillard blanchâtre. La cuisine réapparut petit à petit, le poêle, les casseroles, la table : mais tout était nimbé d'un halo de lumière scintillante, comme dans une image pieuse pour bigots kitsch. Il prit d'une main pesante le verre qu'il examina dans un vertige : des petits cristaux blancs tapissaient le fond du ballon. A ses côtés, la chaise était vide et la porte extérieure de la cuisine entrebâillée. En se levant, il fut consterné de retrouver la même charge pondérale qu'à son arrivée à la villa, enrichie d'une tonne supplémentaire. Il tenta péniblement une sortie. La fraîcheur de la nuit le fit quitter peu à peu l'état d'engourdissement dans lequel l'avait précipité le sherry-cocaïne de la vieille dame indigne. Effondré contre le chambranle de la porte, il entendit un claquement au fond du jardin qui frappa ses tympans avec la résonance d'une grosse caisse : le portail du jardin. Nanny filait à l'anglaise ! Il se lança à sa poursuite à la vitesse d'un escargot.

Les réverbères de la rue Lahure agressèrent un instant ses pupilles. Faidherbe vit cependant la petite silhouette apparaître par intermittence sous les lumières jusqu'à disparaître au tournant de la rue Dorus. Il avait peine à la suivre mais l'effet du breuvage, après l'avoir complètement assommé, s'avéra soudain de plus en plus dopant. Il ne sentit plus le poids de ses jambes et c'était comme si le haut de son corps était porté par les muscles d'un autre, de dix autres âgés de vingt ans. En heurtant une poubelle, il ne sentit pas le choc mais vit l'objet voler au milieu de la rue dans un mouvement ralenti, avec un bruit lointain de plastique léger. Il eut alors le projet d'investir dès le lendemain dans un vélo de course et se fit la promesse de lire intégralement son Montaigne qui traînait sur sa table de chevet au Havre, le signet bloqué à la page de garde. Il comprit simultanément pourquoi il avait un déficit de 53 euros 50 sur son compte en banque.

Au bout d'un sprint invraisemblable il s'arrêta net au croisement de la rue Maupassant. Des voix. Des cliquetis métalliques ! Une dizaine d'individus. On parlait allemand. Il se plaqua le corps contre le mur et retint son souffle. Là, dans l'ombre, il ne serait pas vu par la patrouille.

La sueur au front, Faidherbe vit passer trois hommes en culottes de cuir qui palabraient fort et entrechoquaient des bouteilles de bières en *prosit* joyeux. Il fallait être bavarois pour se promener ainsi une nuit d'avril en Normandie… ou alors les hallucinations étaient espiègles au point de doter de leur costume traditionnel trois Allemands en résidence au camping. En les regardant s'éloigner vers la plage, le commissaire se demanda si la poursuite valait encore la peine d'être menée dans l'état où il se trouvait. Il poursuivit pourtant vers la falaise d'amont, ayant une idée précise de l'endroit où il retrouverait Nanny.

Faidherbe parvint quelques minutes plus tard devant la grille monumentale de la propriété Epstein qu'il ouvrit de nouveau sans trop de difficulté. Un feu follet, silhouettant les persiennes, passait de pièce en pièce. Elle était là. La lampe porte-clefs servit une nouvelle fois au commissaire pour progresser à l'intérieur de la clinique, dans laquelle il était entré cette fois-ci par la grande porte, laissée entrebâillée. Il ne fut pas surpris que l'ex-Rita eût encore une clef. Plus lugubre encore que la première fois, les pièces paraissaient infinies à la perception troublée de Faidherbe. Il parvint néanmoins à retrouver le même chemin que lors de sa précédente visite mais approcha prudemment d'une pièce nouvelle, un cabinet dérobé où tremblait la lumière d'une lampe électrique. Une nouvelle angoisse étreignit la gorge de Faidherbe : qu'allait encore réserver Rotha Utler une fois introduite dans son antre ?

Il éteignit sa lumière et s'arrêta au seuil de la porte. La petite silhouette sombre de la gouvernante était recroquevillée dans un angle, en contre-jour de sa lampe de poche, comme une petite souris fureteuse. Elle parlait aussi. L'inspecteur ne comprenait pas tout, non qu'elle parlât trop bas pour être audible, mais elle marmonnait encore dans le sabir anglo-allemand qu'elle réservait manifestement à ses délires opiacés. Elle ouvrit une trappe et disparut assez lestement dans le sol. Il entendit la petite voix descendre. Faidherbe s'approcha prudemment, puis s'allongea sur le sol pour n'avoir à passer que la tête au-dessus de la trappe. Il y avait là une fosse, qu'on atteignait par une courte échelle. La petite silhouette de Rotha était maintenant accroupie au milieu d'un endroit plutôt exigu, une sorte de petite cave tout en longueur dont le fond restait obscur. L'espace où elle se trouvait était éclairé par une lampe électrique de plus forte puissance accrochée au montant de l'échelle. Des étagères métalliques encadraient la gouvernante, dans lesquelles elle saisit des objets qu'elle fourgua dans un sac à dos kaki. Des boîtes grisâtres en carton semblait-il. Il y en avait plusieurs sur les plateaux, avec un petit aigle estampillé. Elle saisit aussi une autre boîte, métallique celle-ci, qu'elle ouvrit.

– *Meine little Anna… Meine little Anna…*

Elle avait ouvert le couvercle au dos duquel une photographie noir et blanc, encadrée d'un fin liseré blanc, était collée. A l'intérieur de la boîte, on distinguait une pile de papiers jaunis Sa tête tremblotait. Son visage se reflétait en partie sur le couvercle. Elle pleurait. Le motif de la photo n'était pas facile à détailler mais Faidherbe distingua deux silhouettes, une toute petite, certainement un enfant, ou une enfant, à côté d'une femme à la silhouette menue et aux cheveux clairs, sur une plage.

– *Ma little Anna...* Annabelle…

Un instant, le commissaire crut tenir au fond de ce trou la clef de l'énigme Annabelle… même si ça paraissait trop simple. Alors il lui parla. Sous l'émotion, dans cet espace réduit, la vieille ne pourrait pas filer bien loin.

– Leroux n'a quand même pas tué votre petite fille, madame Utler…

Rotha répondit après un court instant, sans même lever les yeux vers le commissaire. Elle n'était aucunement surprise de sa présence, là, juste au-dessus de sa tête. Elle l'avait sans doute aperçu dans le reflet.

– Bien sûr que non… C'est sûr, il l'aimait pas bien trop ma petite… Et il ne savait même pas pour nous deux. Personne savait. Mais il a dit de ces choses sur elle ce jour-là… Oh ! *Mister* Faidherbe, il l'a bien mérité quand même son trou dans la nuque… *He was a bad man*… Je ne l'ai pas raté, allez… *unbearable !*

Elle referma la boîte dans un claquement métallique rageur.

– Mais alors, qui a tué Annabelle ?

Elle leva la tête, le regarda d'un œil de feu, un œil de folle.

– *I don't know !* Ce serait plutôt à vous de me le dire… Je ne sais pas sur qui elle est tombée moi, sur sa falaise. Qu'est-ce qu'ils pouvaient bien bricoler par là… à cette heure… avec le pistolet à *nails*…

La réflexion n'était pas absurde, même si Rotha se mit à ricaner à la fin de ces paroles. Qu'est-ce qu'ils pouvaient bien bricoler par là,

Annabelle et son agresseur… en effet. Faidherbe se pencha en bas, le cou tendu vers le visage renfrogné de la vieille. Sa tête trembla sous l'effet de la torsion, celle de la vieille tremblotait aussi. Elle trifouillait encore sous une étagère. Il parla à voix basse, comme pour chuchoter des confidences.

– Et Oulbec, sur qui est-il tombé, lui ?

– Lui ? Cet ivrogne s'était introduit ici pour nous espionner, il avait trouvé… *our little secrets !* Alors clac ! *Mr* Leroux a essayé sur lui ce nouveau jouet qu'avait rapporté le garçon : en devenant très vieux, il est devenu très méchant, *you know. Off and out*, le vilain curieux. Ah ! Ah !

– Leroux ? Pas possible! ne put s'empêcher de s'écrier Faidherbe, plus pour lui-même que pour son interlocutrice.

Il avait cru que le goût du tir chez le vieil écrivain ne relevait que du fantasme, qu'il ne l'exerçait que sur des statues et avec des pétoires hors d'âge. Le maître était plus large d'esprit, ouvert à la modernité et au crime, ses personnages l'avaient rattrapé.

– *Impossible is not french, as you say stupidly.* Ah ! Ah !

Elle s'était levée de sorte que son visage se trouvait maintenant à hauteur de celui de

Faidherbe. Elle arborait un sourire radieux, mais crispé.

– Allons, il va falloir remonter maintenant madame, pour la déposition. Donnez-moi votre...

Il n'eut pas le temps de finir sa phrase. Ça devenait lassant ces fins d'entretiens en queue de poisson. Pire, ce fut même douloureux cette fois là. La vieille avait rabattu la trappe sur sa tête et éteint la lumière : Faidherbe comprit sur l'instant l'effet du couperet sur le cou d'un condamné à mort. Il releva avec peine la trappe. Des étoiles tourbillonnaient devant ses yeux. Il retrouva sa petite lampe porte-clefs dont la batterie commençait à faiblir sérieusement. Rotha avait dû disparaître dans le fond du réduit. Faidherbe avait à peine posé le pied sur le premier barreau de l'échelle qu'il entendit un sifflement strident sous sa chaussure. Il comprit vite. La poudre. Celle-ci ne devait pas être du genre à faire danser l'esprit mais plutôt à faire valser les corps. Il y en avait encore beaucoup des petites boîtes sur les étagères. Dans cet espace clos, l'explosif, s'il était comprimé, avait toutes les chances de propulser Faidherbe plus haut que les falaises. Une fumée abondante et suffocante sortait de la fosse quand il s'éloigna à toute vitesse de la pièce.

Il sortit de la maison presque à tâtons alors que l'espace se remplissait rapidement derrière lui des émanations fuligineuses. Sa gorge était la proie de milliers de petits aigles au goût âcre qui déchiraient sa chair de leur bec. La fumée le suivit jusqu'à la porte. Il s'écroula dans l'herbe haute du parc, appelant désespérément de ses narines l'air frais du large. Puis il regarda la villa, les yeux humides. C'était toujours sombre derrière les volets clos. A l'intérieur, manifestement, ça ne brûlait pas, ça se consumait. De la poudre d'entraînement peut-être, ou trop vieille pour brûler, mais impossible de songer à venir au secours de la vieille maintenant. Rotha Utler venait de s'enfumer dans son bunker, avec tous ses petits secrets. Faidherbe se releva, toussa et retrouva quelques forces pour se diriger le plus vite possible vers le centre du bourg. Il regretta une nouvelle fois son entêtement à vouloir tout faire seul. Après des années en solo, il avait perdu l'habitude des sorties en bande, ou même seulement en binôme. Si seulement il avait prévenu Perchet... mais il n'avait pas voulu.

Il aboutit complètement essoufflé place Victor Hugo, où il entendit de la musique dans la rue du casino. Mais ça ne venait pas de la maison de jeux, encore fermée le vendredi en cette saison. C'était au *Connemara*, devant lequel quelques clients palabraient un verre à la main. Faidherbe passa devant un Indien d'Amérique, un guerrier Massaï et une geisha. Trop épuisé pour s'étonner.

En entrant dans la pièce enfumée et bondée de clients, il eut de la peine à reconnaître celui qui venait vers lui. Quenail était en jupe à petits carreaux, mais sans doute devait-ce être un kilt, costumé en une façon d'Ecossais traditionnel avec les colifichets d'usage, des chaussettes de montagne, peut-être savoyardes, un béret militaire et une banane en cuir sur le bas ventre pour encaisser. Il portait un tee-shirt au logo énorme d'une marque de bière belge. Ses fausses bacchantes firent se demander au commissaire si ce postiche n'était pas le même qu'avait porté Lalouette quelques jours auparavant.

– Commissaire ! *Welcome !* vous prendrez bien quelque chose.

– C'est quoi ce cirque ? Un téléphone, vite ! Et préparez-moi quelque chose de frais, sans alcool surtout, n'importe quoi… mais sans alcool.

– Oh là, shérif !… vous donnez dans la prohibition maintenant ? Allez, on s'détend…

Quenail prit Faidherbe par le cou. Il devenait familier à présent. Déguisé, on perd toute réserve. Il lui présenta le téléphone en hurlant au-dessus de la musique.

– C'est ma fête du printemps, comme tous les ans. Cette année c'est soirée folklore. L'année dernière on a fait soirée Chicago. On manquait de flics, y avait que des gangsters et des cocottes charleston. Dommage, vous arrivez un an trop tard. Steevy, un coke pour le commissaire !

Faidherbe composa le 18 et se réfugia dans le corridor qui menait à l'étage pour entendre la communication. Il prévint aussi la brigade pour qu'elle fasse un tour dans le village. La vieille pouvait être passée par un trou de souris. Il conseilla une grande prudence à tous, la situation devenait explosive. Il revint ensuite vers le fond du pub où une scène était bricolée avec trois palettes alignées en guise d'estrade et pour manteau d'Arlequin deux draperies rouges accrochées à des portiques d'échafaudage, encore fermées. Le tout était éclairé par plusieurs lampes-tempête aux ampoules de même couleur.

Les spectateurs étaient massés devant la scène, bière à la main, public à majorité masculine, composé pour partie de surfers havrais aux cheveux décolorés, des premiers touristes nordiques du camping et d'extraits de la jeunesse locale en costumes du monde entier. A gauche, côté toilettes, se trouvait la poursuite de scène, un spot agressif muni d'un cône – comme ceux que portent les chiens opérés – actionné par Quenail qui revint à son poste avec la boisson du commissaire. La musique s'était tue. On préparait le spectacle. Le rideau de scène bruissait en froufrous nerveux. Côté cuisine, les coulisses laissaient entendre des rires joyeux sur un tintamarre de casseroles et de verres. Le *Connemara* avait pris des airs canailles de bouge à matelots. Faidherbe s'assit sur une chaise, complètement abasourdi par tous ces événements, l'esprit comme le corps vidés de toute énergie.

Une femme brune, toute rondelette, se tenait à ses côtés, jambes croisées, bas noirs, montée sur talons aiguilles et vêtue d'une robe longue pourpre et frisolée. Une manière d'Andalouse certainement. Faidherbe porta un regard en coin sur le visage poupin qu'une coiffure volumineuse encadrait. Elle le fixa d'un œil de feu, outrageusement fardée aux paupières. Il n'insista pas.

– Quelle histoire ! hein, commissaire… Du neuf ?

Faidherbe chercha un instant qui s'adressait ainsi à lui. Il reconnaissait pourtant cette voix plutôt grave, au timbre granuleux, comme des galets frottés par la marée, l'accent cauchois prononcé…. C'était pourtant bien de là que ça venait : des lèvres noires de l'Andalouse.

– M. Heurtot ? Ou dois-je dire madame ?

Faidherbe serra une main potelée poilue. La soirée virait au cauchemar interlope.

– Ah ! commissaire… Vous en avez vu d'autres ! Et c'est la retraite pour moi. Enfin libre, enfin moi ! dit-il en agitant l'air de ses poignets qui tintinnabulèrent sous l'effet de bracelets torsadés comme des ressorts.

– Moi aussi, c'est pour bientôt… Ce jour-là, je mettrai peut-être une robe bleu nuit, comme les gendarmettes.

Il regretta son mot d'esprit à l'expression vexée du notaire, qui souriait pourtant gentiment devant lui. Il en savait sûrement long aussi celui-là sur les petits secrets qui se cachaient sur et sous les falaises. Faidherbe se pencha.

– Vous connaissez Rotha Utler, la gouvernante de Leroux ?

– Pour sûr, commissaire, très bien même.

L'Andalouse avait porté le menton sur le plat de sa main, le coude sur le rebord de la table, les yeux plissés, les faux cils papillonnants, la tête dodelinante, alourdie par un début d'ivresse. Elle était prête à la confidence, la notaire, prête à asseoir sa large croupe sur le secret professionnel.

– Sa fille et sa petite-fille aussi ?

Il siffla d'admiration.

– Oh ! On a progressé, commissaire. Vous m'auriez demandé l'aut' fois, dans not' pt'ite prom'nade.... eh bien… j'vous aurais dit qu' c'était pas vos affés, parce qu'à l'époque, j'étais encore notaire, madame.

– Oui, bien sûr, mais on était tous encore un peu dans la brume ce jour-là. Bon, maintenant, entre nous, vous êtes quand même un peu moins notaire ce soir, cher Maître. Alors… il y avait des liens, disons, officiels, entre elles et Mme Utler ?

Heurtot lança une œillade et s'éclaircit la voix.

– Des liens, pour sûr! La pauvre Rotha avait fauté avec un bel officier allemand ; résultat : une fille née sous X en 45 qui meurt prématurément d'un cancer. Fille-mère, elle laisse Annabelle, une petite orpheline que Rotha essaie de protéger – clandestinement, en femme de l'ombre – des revers de la vie, en vain… hélas, trois fois hélas, jeune homme.

A l'énoncé de ces malheurs son menton s'était mis à trembler et des larmes de compassion avinée jaillirent de ses yeux, traçant leur chemin à travers le rimmel fondu et le fond de teint délavé. Il acheva en hululant, sa main tapotant celle de Faidherbe.

– Mais des liens officiels ? insista le commissaire, essayant de fixer le regard roulant de l'Andalouse.

– Du genre ?

– Un legs, un héritage, une donation. Que sais-je ? Je ne suis pas notaire comme vous, aidez-moi.

– A la majorité d'Annabelle, toutes ses économies. Vlan, un coup de folie.

– Ça fait presque vingt ans. Et depuis ?

– Elle préparait un legs pour sa p'tite fille.

– Une grosse somme ?

– Pt'êt' bien. Mais ça dépendait de Leroux : il devait lui laisser une partie de sa fortune, dont la villa *Eugénie* qu'il avait rachetée secrètement à Frank Epstein en fuite ; elle voulait en faire profiter son petit trésor. Mais dernièrement Rotha s'inquiétait. Le génie perdait un peu la tête – ça arrive, mon trésor – il avait égaré son gentil testament et se préparait à rédiger une horreur dont j'aurais été l'ignoble complice. Je ne me le serais jamais pardonné, mon Père. Heureusement, vlouff ! le destin a frappé au bon moment, conclut l'Andalouse en dépliant un éventail qui détourna un instant son haleine chargée d'alcool de l'odorat sensible du policier.

– Qui savait à part vous ?

– Personne d'autre que moi, mon bijou. Mais cessons de parler de moi ! Parlez-moi un peu de vous, commissaire de mon cœur. Dites-moi tout. Que faites-vous de vos tristes soirées de célibataire, p'tit chou enjôleux ?

Un tintamarre techno aux accents orientaux sauva le commissaire des questions curieuses et trop câlines du ci-devant notaire. On vit s'avancer vers l'avant-scène une jeune fille brune en maillot, ceinte d'une écharpe bleue et maquillée outrageusement. Faidherbe craignit d'abord le pire, mais c'était seulement Miss Etretat en tenue de soirée, à l'équilibre précaire sur ses hauts talons. Un faux pas faillit d'ailleurs la précipiter tête la première sur les Allemands en culotte de velours du premier rang. Faidherbe reconnut alors Jennifer, la mignonne serveuse de la *Taverne* qui devait faire des extra au pub pour se payer ses samedis soirs en boîte de nuit. Elle prononça d'une petite voix des mots qui parurent fondre avec son rouge à lèvre :

– Et maintenant, madame, messieurs… Applaudissons un grand fakir, venu spécialement – elle pouffa – des Indes pour votre plaisir et votre grand étonnement… j'ai nommé…

Derrière elle, trop tôt sans doute sur la synchronisation du spectacle, s'avançait un petit bonhomme au crâne enturbanné, visage sombre, yeux hagards, comme perdu sur cette scène pourtant minuscule. Drapé dans le même tissu que les rideaux de scène, il s'avança sur des jambes d'ivoire qu'on voyait trembler.

– A poil !

Des spectateurs protestèrent, d'autres rirent à cette sortie vulgaire dont on ne savait trop auquel des deux artistes elle était adressée. Quenail se retourna en direction du coupable, la moitié de la salle se tut. Jennifer disparut en coulisses. Le patron se pencha vers Faidherbe.

– C'est Bapu Saheb, commissaire, un artisse de Paris. Du vrai music-hall. C'est Mme Martine, la Parisienne de la villa des *Loges* qui l'a trouvé… Attention ! Il a travaillé chez Tabarin, c'gars là. J'ai vu un bout du spectac' tout à l'heure en répét'. Il est impayab'. Mais il est cher, faut reconnaître.

En observant plus attentivement Bapu Saheb, Faidherbe devina la séance de préparation du show dans ce qui avait dû tenir lieu de loge, la cuisine du pub, enfumée des vapeur de tourteaux pêchés le jour, dont les effluves planaient encore dans la salle, mélangées à celles des cigarettes ainsi qu'aux relents de sueur et de bière chaude. Quenail cramoisi avait dû glousser au-dessus de ses marmites alors que Jennifer jouait l'apprentie maquilleuse sur la peau ridée de l'artiste. Le visage du fakir était généreusement sillonné des traces du bouchon brûlé qui avait servi à hâler en Hindou ce type qui devait être né à Béthune, et dont le regard pourtant maquillé en disait long sur les souffrances et humiliations endurées dans sa carrière de clown triste déguisé en maharadjah. Il parla avec un accent petit nègre, complètement incohérent avec son costume de scène.

– D'abord, messieurs dames, je dois vous présenter ma petite partenaire.

Il exhiba dans sa main une tige noire d'une quinzaine de centimètres qui pouvait être un bâton d'encens. Faidherbe se demanda un instant s'il n'allait pas encore assister à quelque spectacle pyrotechnique qui achèverait définitivement ses poumons.

– Je l'ai pas vu, ça, à la répét', précisa Quenail, complètement absorbé par le spectacle.

– Veuillez, monsieur, dit-il en tendant le bâton à un homme dans l'assistance, tester la résistance de ce clou : tordez-le !

Le spectateur se leva et devant l'assistance qui l'encourageait, essaya de tordre le morceau de métal de ses deux mains. Le clou, évidemment, ne plia pas d'un millimètre. Ses amis riaient, l'invitaient avec des rires gras à fréquenter une salle de musculation. Bapu Saheb récupéra sa tige et la présenta au public.

– Je vais maintenant plier ce clou devant vos yeux stupéfaits.

– Fais gaffe de pas te l'mettre dans la nuque ! intervint un spectateur qui voulait faire de l'esprit.

– Attention les gars, il va dégainer sa cloueuse ! enchaîna un autre.

– Un tordeur de clous… c'est d'un goût, Quenail ! En ce moment, quand même… remarqua le commissaire au tenancier qui commençait à s'empourprer.

– Je savais pas commissaire….

La lumière sur l'artiste tremblait. Le fakir saisit le clou entre ses dents et, jambes arquées, tous muscles bandés, entreprit sa torsion en le tenant par chacune des extrémités. Dans un ultime d'effort, il laissa involontairement tomber son drapé, ce qui fit apparaître son costume pour le sketch suivant, un maillot rayé bleu et blanc 1900, qui devenait pour le coup plus qu'incongru, grotesque. Ce fut un concert de sifflements dans le public. Il poussa un dernier ahan puis exhiba radieux, le turban à demi défait, en sueur, le clou plié.

– Bon sang… mais c'gars-là a aucun respect… Faire ça chez moi…

– Ce n'est qu'un morceau de métal, vous savez… un sketch…

– Ma p'tite Nabelle… aucun respect c't' homme-là…

Une larme coulait sur la joue écarlate du patron, ses lèvres tremblaient. On l'aimait la petite Tourte… c'était à se demander si elle n'était pas tombée accidentellement sur un clou, la jeune fille, peut être pas plus douée sur ses talons hauts que Jennifer… Mais Quenail n'était déjà plus à coté du commissaire. Sa masse corpulente, contournant, ou peut-être volant au-dessus du comptoir, avait déjà fondu sur l'artiste dont n'apparaissait plus que la main triomphale, le clou en fer à cheval battant désespérément l'air. Pas de chance, le fakir avait raté son entrée avec un spectacle de mauvais goût. Et le pauvre ne comprenait certainement pas pourquoi.

C'est le moment que choisit Faidherbe pour s'éclipser, le spectacle tournait court et il n'avait pas la force de jouer les forces de l'ordre. Il se fraya un passage vers la sortie à contre-courant des clients du pub qui, l'œil allumé, se précipitaient vers le plateau où le malheureux artiste subissait l'ire de Quenail. Dehors quelques jeunes dansaient dans la lumière disco des gyrophares de la gendarmerie. Faidherbe se dirigea vers le véhicule. On n'avait rien trouvé, les pompiers étaient là-bas. Il invita ses collègues à faire un tour dans le pub. C'était trop tard. En repassant devant l'établissement, il entendit derrière lui le roulement d'un corps gémissant sur le pavé, et le tintement d'un objet métallique sur le bitume. La porte du pub claqua violemment. Bapu Saheb, après avoir croqué du métal, mordait la poussière. C'en était trop maintenant, tout le monde perdait contrôle dans ce village. C'était devenu le Far-West du pays de Caux.

Faidherbe regagna sa voiture rue Lahure. La boucle était bouclée pour cette folle soirée et les quelques heures passées là avaient valu toutes les beuveries d'une vie entière. Une barre de douleur au niveau du crâne, il démarra la Clio jaune qu'il dirigea doucement vers l'ancienne clinique où le chef des pompiers lui fit un bilan des investigations.

– On n'a rien trouvé pour l'instant commissaire, trop enfumé pour avancer. Les gars sont bien allés dans la petite pièce au sous-sol… mais ils n'ont pas traîné, croyez-moi ! Aucune trace de corps, du moins au toucher. On aura un visuel quand toute la fumée se sera évacuée. Pour l'heure c'est encore épais. Mais pour sortir comme ça vers nous il doit y avoir un appel d'air quelque part, une bouche à air, une galerie, un truc comme ça…

– Une galerie…

– Oui, c'est qu'il y a pas mal de trous par ici. Vous savez, la craie, c'est tendre. *L'Aiguille creuse*, vous avez lu ?

– Vaguement, mais je préfère Montaigne… Merci, je rentre au Havre.

CHAPITRE 10

L'homme lit, la femme trinque

Le policier se sentait abattu. Le corps à corps avec le mystère Rotha Utler et sa victoire le laissait épuisé, vidé, découragé. Encore un aspect du métier qui lui déplaisait. Une fois une affaire résolue, il se sentait perdu. Plus rien n'avait de signification, comme si tous le sens ne résidait que dans la quête de la vérité. La fascination du mystère des faits et des gens dépassait en intensité la satisfaction d'avoir élucidé une énigme et d'avoir dévoilé les agissements criminels d'une coupable. *Post coitum, animal triste...* Il y avait de ça. L'encadrement et la protection de hautes personnalités lors des voyages officiels provoquaient en lui une tension et une excitation qui décroissaient et s'effaçaient quand l'opération était terminée sans lui laisser cette impression déprimante. Il avait fini par l'oublier pendant les décennies où il n'avait plus mené d'enquête judiciaire.

Peut-être souffrait-il tout simplement du manque de sommeil qu'il s'était imposé. « C'est ça, je suis simplement fatigué », pensa-t-il. L'affaire n'était pas tout à fait achevée, il y avait encore un mystère à résoudre et il n'osait pas s'avouer qu'il n'avait plus envie d'en savoir davantage, qu'il aurait aimé laisser quelque chose dans le flou. Il ne devait pas, il ne pouvait pas. Il fallait se forcer à mettre un nom et un mobile sur l'assassin d'Annabelle Tourte puisque Miss Utler ne pouvait pas avoir commis ce crime-là et qu'il ne se sentait pas le cynisme de le lui faire endosser pour écourter l'enquête. Devait-il revenir à Jimmy Lefèvre comme le pensait Perchet, à Quenail comme l'avait insinué Lalouette, à Lalouette lui-même, mêlé à tout ?

Il n'avait pas fait trois kilomètres qu'il se garait sur le bas-côté de la route. Il avait absolument besoin de dormir dix minutes sinon il n'arriverait jamais vivant au Havre et la Clio neuve de ce brave Etrela deviendrait un tas de ferraille sans valeur ; n'est pas César qui dort au volant. Il ôta la ceinture, baissa le dossier du siège et laissa aller son grand corps en arrière. Il était déjà trop ensommeillé pour sentir l'inconfort de sa position. Il ferma les yeux. Sa mère en tenue d'infirmière bordait son lit d'enfant d'où ses grandes jambes dépassaient, ballant dans le vide.

– Georges, je me tue à te le répéter : ménage-toi, mon petit.

– Mais, maman, j'ai cinquante-trois ans ! Je suis assez grand pour savoir ce que je dois faire.

– On croit toujours ça ; tu me le disais déjà à quatre ans. Tu n'es pas un surhomme, ménage ton cœur… et éteins-moi cette musique de sauvages, elle va réveiller tout le village. Dire qu'en te chantant des berceuses, je croyais te donner l'oreille musicale !

Le fantôme s'évanouit comme Georges Faidherbe se réveillait en sursaut, l'ouïe martyrisée par les percussions de Joy Division. Il n'avait pas coupé le contact et un faux mouvement dans son bref sommeil avait redéclenché la lecture en boucle du CD. « Au moins, ça me tiendra éveillé », se dit-il. Il avait dormi plus longtemps qu'il n'aurait voulu. Il était deux heures et demie déjà. Il aurait bien échangé "*She lost control*" contre "*Que diable allait-il faire dans cette galère*".

Il s'arrêta derrière les halles devant l'immeuble qu'occupait en partie l'Hôtel Moderne et cloua le bec à la Clio DJ. En face de la réception, il trouva un inspecteur affalé dans un canapé. Fésol, un petit homme sec, s'était endormi sur un numéro de *Paris-Match* qui titrait : *S.O.S. 017 orphelin : la mort mystérieuse de Maurice Leroux.* Faidherbe demanda la chambre du journaliste. Au son de sa voix, Fésol jaillit de son canapé comme un diable de sa boîte et lui emboîta le pas jusqu'à l'ascenseur. Dormant debout, il traversa la cabine qui s'ouvrait de deux côtés et le commissaire monta sans lui jusqu'au troisième.

La moquette orange usée par trente ans d'allées et venues exhalait une odeur mélangée de pieds, de tabac et de produits détergents. Le policier frappa à la porte indiquée. Comme il s'y attendait, il n'obtint aucune réponse. Essoufflé mais réveillé d'avoir monté les escaliers quatre à quatre, l'inspecteur Fésol qui était chargé de la surveillance discrète, un peu embarrassé d'avoir été surpris dans toute la profondeur de sa discrétion, lança avec enthousiasme:

– J'enfonce la porte, patron ?

– Redescends demander à la réception le double des clefs et de celles des chambres de dessous, ajoute la clef de cette fenêtre, ordonna Faidherbe, désignant du doigt la fenêtre à l'extrémité du couloir qui donnait sur la cour intérieure de l'immeuble.

Au comble du zèle, Fésol redescendit les escaliers à pied, volant plus qu'il ne courait. Il n'avait plus ni souffle ni voix quand il fut remonté. Le commissaire qui savait à quoi s'attendre ne se pressait pas. La clef de la chambre, comme il l'avait prévu, n'entra pas dans la serrure, l'autre clef était restée à l'intérieur. L'inspecteur Fésol, dont l'imagination se réveillait aussi, passa de la couleur rouge langouste cuisson à l'étouffée à la pâleur du navet pelé et surgelé. Le commissaire qui commençait à avoir faim se demanda si l'inspecteur savait qu'en catalan son nom signifiait haricot en grain. Il trouva succulente la sympathie entre ce nom et les couleurs successives de l'inspecteur.

– Il ne se serait pas suicidé par hasard, chef ?, finit par articuler Fésol. J'enfonce la porte ?

– Pas par hasard, ce n'est pas le genre du bonhomme, répondit le commissaire en marchant jusqu'à la fenêtre du couloir. Il pencha la tête dehors. Lalouette était pendu à des draps noués, les pieds sur le rebord supérieur de la fenêtre fermée du premier étage. Le policier cria :

– Gardez les mains en l'air et ne bougez pas, j'arrive.

– Je ne vais pas m'envoler, brailla Lalouette, je suis bloqué par le vertige. Dépêchez-vous.

Fésol sur les talons, le commissaire descendit d'un étage, ouvrit la porte de la chambre correspondant au deuxième étage, heureusement inoccupée, puis la fenêtre à la hauteur de laquelle passait le drap d'escampette du journaliste. Il sortit un objet de la poche de son imperméable et se pencha dehors, agita ce qu'il tenait et commenta :

– J'ai vos jumelles, Lalouette.

– Ah, c'est vous ! Je suis bien content, ça fait quelque temps que je les ai perdues, d'habitude je ne sors jamais sans elles, pratiques, légères, élégantes, et de plus un souvenir. J'étais navré de ne plus les avoir. Où les avez-vous trouvées ?

– Sur les falaises, non loin de l'endroit où Isabelle Tourte a trouvé la mort.

Un goéland qui dormait au sommet du bâtiment prit son envol en poussant un cri de protestation contre le tapage nocturne de cette conversation.

– J'y suis, j'ai dû les perdre quand on a découvert son cadavre. L'émotion. La maréchaussée interdisait l'accès à tout le monde, même à la presse. J'ai pris l'escalier et je suis monté sur la falaise d'aval à l'aplomb de l'endroit où gisait le corps. Ça m'a fait un choc, un sale choc, d'autant plus que je l'avais vue la veille en haut, bien vivante, quelques heures à peine avant qu'elle ne s'écrase en bas.

– De nuit ?

– Tout à fait. Je suis nyctalope. Parfaitement, comme l'empereur Tibère. C'est un sacré atout dans notre métier. Je suis sûrement le seul journaliste dans le triangle Le Havre, Rouen, Dieppe, peut-être même Boulogne, à bénéficier d'une vision nocturne sans appareil spécial. Pratique et économique.

– Vous vous foutez de moi ?

– Pas du tout. Je peux fournir un certificat médical. J'ai presque la vue d'un chat, il ne me manque que son agilité, comme vous voyez, j'ai un peu présumé de mes forces physiques et psychiques. Mon cerveau reptilien me bloque sur les gouttières. Dites, commissaire, on pourrait continuer cet intéressant échange d'informations dans une pièce éclairée et bien chauffée, ça fait plusieurs heures que je vous attends ici. Je savais que vous finiriez par venir me retrouver. Je n'ai pas voulu faire de grabuge et ameuter le voisinage. Le journalisme d'investigation m'a appris la discrétion.

– Je ne suis pas pressé de rentrer, l'endroit me convient très bien, répliqua le commissaire, accoudé au rebord de la fenêtre pour continuer la conversation plus confortablement. Il avait l'avantage de la position et tenait à en tirer le meilleur parti. Pourquoi ne m'avez-vous rien dit de tout ça avant ?

– Je ne savais pas que vous vous intéressiez à mes jumelles.

– Vous vous foutez de moi, Lalouette.

– Admettons. Ce n'est rien, comparé à ce que vous m'avez fait et ce que je subis en ce moment. Je suis rancunier, commissaire. Je m'arrangerai pour vous le faire sentir dans les articles à venir. Par ailleurs, il n'y avait rien à dire. Annabelle Tourte était sur la falaise en compagnie d'un homme qui s'est avéré être son ex, je les ai vus discuter un moment, puis l'homme est redescendu : je suis formel, elle était bien droite et bien vivante quand il l'a quittée. J'ai attendu que l'individu descende pour l'identifier : j'aurais parié que c'était Quenail mais il ne redescendait jamais. Je me suis lassé.

– Vous n'avez pas attendu qu'elle descende à son tour ?

– Quand j'ai regardé dans sa direction de nouveau, je ne l'ai plus vue ; j'ai pensé qu'elle allait marcher encore quelque temps toute seule. Il était tard, il ne faisait pas chaud, elle venait d'en éconduire un à l'évidence ; je me suis dégonflé et j'ai préféré rentrer à la propriété. Je ne savais pas qu'elle mourrait quelques minutes plus tard, ou qu'elle était déjà morte.

– Quelqu'un vous a-t-il vu sur la terrasse ce soir-là, qui pourrait certifier que vous n'êtes pas monté sur la falaise ?

– Vous n'allez pas recommencer à tout me mettre sur le dos. Fouillez donc du côté de Quenail plutôt. Lacorne, qui est d'une curiosité et d'une ladrerie maladive, m'avait repéré à la sortie du *Connemara* et m'a collé jusqu'à chez moi. Il avait un coup dans le nez et voulait connaître les principales nouvelles de la dernière édition pour éviter de l'acheter.

– Un conseil, Lalouette, ne mettez pas le nom de Quenail dans votre feuille de chou : vous perdriez beaucoup d'argent pour cause de diffamation et pour vous faire refaire toute la denture. Il faisait sa comptabilité cette nuit-là et n'avait pas de rendez-vous avec elle, les comptes lui pompent toute son énergie. Lui aussi produira un certificat médical.

– Faites un bon geste, commissaire, je fatigue.

Faidherbe envoya Fésol s'introduire dans la chambre à l'étage inférieur pour soulager le journaliste, dont les traits étaient de plus en plus tirés et la voix altérée. Il montait même de lui une odeur acide d'urine dont le commissaire n'aurait pas juré qu'elle provenait de la cour intérieure, rendez-vous des matous du voisinage et lieu de passage de chiens en errance dans la ville.

Au grand ahurissement d'un couple italien qui l'occupait, l'inspecteur ouvrit la fenêtre, monta sur son rebord et se cala pour recevoir le grand corps du journaliste. Il fallut plusieurs longues minutes pour obtenir de Lalouette qu'il glissât de quelques centimètres et posât ses pieds sur les épaules du policier. Les deux Italiens, qui croyaient qu'on secourait un suicidé, furent d'un grand secours : ils donnèrent généreusement de la voix et, à force de cris, de suppliques et de prières, il firent s'allumer un grand nombre de fenêtres de l'immeuble, quelques-unes s'ouvrirent même ; des têtes échevelées, des faces ensommeillées, des trognes boschesques, des regards torves, des nez longs et réprobateurs, des joues démaquillées et masquées de nuit, des mâchoires horripilées, des bouches grimaçantes et goyesques apparurent dans les cadres. Tout ce joli petit monde donnerait l'alarme. Quelques minutes plus tard les pompiers, d'autres policiers et des confrères seraient là pour immortaliser l'instant et lui donner un retentissement régional. Cela persuada Lalouette de se laisser tomber sur les épaules de Fésol. Celui-ci vacilla un peu sous le poids mais tint bon : il était tout en muscles fins et fibreux. Lalouette toujours agrippé à ses draps, ils parvinrent à descendre de la fenêtre. Dans la même position, ils quittèrent la chambre avec force remerciements pour les Italiens qui auraient bien voulu les suivre, puisque de toute façon ils ne dormiraient plus. Le commissaire les arrêta d'une main tandis que de l'autre, il aidait Fésol à monter la première marche de l'escalier pour porter le journaliste dans la chambre supérieure où l'interrogatoire continuerait. Fésol faisait la grimace, pas à cause de l'effort dont les gouttes de sueur qui perlaient sur son front témoignaient : non, c'était l'odeur. Lalouette s'était bien pissé dessus et même pis. L'inspecteur se débarrassa de lui en le projetant sur le lit où il resta bloqué dans la posture qu'il avait sur la fenêtre, perclus de raideur à cause du froid. Le commissaire s'était assis sur une des deux chaises et ne lui laissa pas le temps de rassembler ses esprits :

– Vous allez continuer à être très coopératif, monsieur Lalouette, où je vous fais raccrocher incontinent à votre volière par mon adjoint pour la distraction de la clientèle de l'hôtel et du public en général.

Fésol grimaça de nouveau et lança au neveu de Leroux un regard d'encouragement qui eût fait jaillir la vérité de son puits toute nue sans même prendre le temps d'enfiler un topless. Le journaliste eut un sursaut ; ce n'était pas de la révolte mais un mouvement pour se décoller de son pantalon.

– Je suis dans la merde, commenta Lalouette, esprit à la fois concret et métaphorique qui avait le sens de la situation.

Fésol ouvrit la fenêtre pour aérer. A l'étage du dessous l'Italien était monté à son tour sur la sienne et tendait l'oreille pour percevoir ce qui se passait au niveau supérieur. Les autres façades s'étaient replongées dans l'obscurité. Les Havrais sont plutôt gens discrets. Une dure journée de labeur dans la grisaille, le vent et le froid, les attendait. Mieux valait profiter à fond du sommeil que de s'occuper des mômeries des gens de passage.

Le commissaire continua de sa voix la plus persuasive :

– Encore quelques minutes difficiles et vous retrouverez votre chambre, la salle de bain, un pantalon propre, une conscience nette.

Faidherbe ordonna à l'inspecteur de fermer la fenêtre et de redescendre à la réception demander qu'on s'arrangeât pour faire ouvrir la porte de la chambre précédemment occupée par le journaliste. Quand l'inspecteur fut parti, il continua :

– Je vous promets votre libération définitive. Ça ne vous coûtera que quelques confidences supplémentaires entre nous. Lalouette, vous étiez dans de sales draps cet après-midi, vous voilà trempé jusqu'au cul, si j'ose m'exprimer vulgairement. Soyez réticent, je vous mouille jusqu'au cou avec complicité pour le meurtre de votre oncle ; il vous faudra des années pour vous dépêtrer de la justice, vous ne récupèrerez pas votre héritage avant d'être trop vieux pour en profiter. Si toutefois vous y avez droit, à cet héritage, car mon petit doigt m'a dit qu'un testament très défavorable courait la campagne.

L'argument fit tiquer le neveu de Leroux qui rêvait depuis longtemps de lâcher la bride à son goût réfréné pour le faste et la somptuosité. Le commissaire interpréta un papillotement des paupières du corps malodorant paralysé par les courbatures comme un acquiescement et une reddition sans condition et enchaîna :

– D'où teniez-vous la cocaïne que vous fournissiez à Rotha Utler ?

– De temps à autre Annabelle Tourte m'en fournissait quelques sachets.

Le policier exulta intérieurement, le lien qu'il cherchait tant devenait de plus en plus solide.

– Et elle ?

– Ça, je n'en sais rien. D'ailleurs, je ne voulais pas savoir. Dans ce domaine, moins on en sait, plus on est sûr de rester en bonne santé longtemps.

– Passons, nous verrons plus tard. Combien vous coûtait-elle ?

– Quelques livres seulement.

– J'ai du mal à vous croire. Pourquoi pas des euros ou des dollars ? Vous croyez qu'elle voulait s'installer en Angleterre ?

– Vous n'y êtes pas, des livres à lire. Elle ne voulait pas d'argent. Elle voulait s'instruire. C'est marrant, elle ne disait pas se cultiver, mais s'instruire, comme au temps de la Communale.

– Quel genre de livres ?

– Oh, elle n'était pas difficile. Je prenais ce qui me tombait sous la main dans la bibliothèque de mon oncle ; elle préférait les études historiques, les essais philosophiques mais ne rechignait pas aux romans non plus.

– On n'a rien trouvé de tout ça dans son studio.

– Elle me les rendait. C'était pour lire, non pour collectionner ni décorer ses étagères.

– Vous ne lui auriez pas prêté par hasard le vingt-septième volume des aventures de S.O.S. 017, le héros de votre oncle ?

– Ah, c'est ça, votre fameux 27 ! s'exclama Hugues Lalouette, je ne pigeais pas, je cherchais une date. J'avais écarté le département : je ne fais que le traverser pour me rendre à

Deauville, je ne m'y arrête jamais, un pays de ploucs où j'ai eu une histoire, il y a des années, avec un confrère d'un canard local, *Le Clairon de Pont-Authou*. Le 27, c'est possible. Je ne tenais pas de liste. Il m'est arrivé de lui refiler plusieurs fois le même titre. C'était une drôle de fille, elle ne rouspétait pas, elle relisait. Elle aimait beaucoup relire aussi. Personnellement, je ne supporte pas. Et vous, commissaire ?

Le commissaire ne répondait pas. Il était absent, absorbé par l'agitation mentale d'un puzzle dont les combinaisons se mouvaient en lui à fleur de conscience. Il ne s'impatientait pas. Il savait que tôt ou tard la vérité éclaterait à la surface. Il n'y avait pas d'urgence dans l'affaire actuelle, personne ne risquait plus de crever d'un clou dans la nuque à Etretat. En attendant, il se contentait de sentir, avec une certaine jouissance, se développer cette bulle se savoir qui ne se laissait pas saisir.

Le retour de Fésol interrompit cette contemplation intérieure. La serrure récalcitrante avait cédé, la porte était enfoncée : victoire totale du ministère de l'Intérieur et du contribuable, aux frais et dépens de *L'Echo des Falaises*, de ses actionnaires et de ses abonnés. L'inspecteur avait promis au gérant un article promotionnel. Lalouette lui devait bien ça à titre personnel.

– Plus encore que tu ne crois, ajouta le commissaire. Tu vas lui rendre un dernier service, de ceux qui ne s'oublient et ne se paient jamais assez. Prête-lui ton pantalon, peu importe la différence de taille, c'est pour la décence et l'honneur de la presse régionale et non le décorum. Ne t'inquiète pas, je te dépose tout de suite devant la porte de ton immeuble avec la Clio d'Etrela. Personne ne verra rien et n'en saura jamais rien. En revanche, tu me rends à moi aussi un fier service, dont je saurai me souvenir. Lalouette paiera la blanchisserie et je te rendrai moi-même ton bien dans quelques jours. Si ta femme pose des questions et se fait soupçonneuse, donne lui mon numéro personnel.

Comme le commissaire avait d'avance réponse à tout, aucun des deux hommes ne pipa mot. On fit ainsi.

– Mes jumelles ? réclama Lalouette au moment où les deux policiers le quittaient, Fésol abritant ses jambes nues derrière la silhouette du commissaire qui avait ouvert la porte.

– Confisquées. Je suis persuadé que vous nous faites encore des cachotteries. Tenez, par exemple, votre présence sur la falaise au moment où Lefèvre s'est écrasé en bas.

– Je n'y suis pour rien, il a failli me renverser en montant la côte, il roulait comme un fou.

J'ai eu le réflexe pro d'aller voir là-haut, point barre.

– Et qu'est-ce que vous faisiez dans la côte, devant la clinique…

– Commissaire… intervint un Fésol plaintif, qui, repoussé dans le couloir, s'alarmait que la conversation pût réveiller du monde et qu'on le surprît dans cet équipage, léger et court vêtu.

Compréhensif, le commissaire ferma la porte sans attendre la réponse. C'était désormais un détail qui pourrait attendre. Les deux hommes se glissèrent dehors le plus discrètement possible.

L'inspecteur entra dans le hall de son immeuble comme une flèche, sans allumer l'éclairage. Faidherbe retourna chez lui. Son premier geste fut de décrocher le combiné pour appeler Etrela :

– On a des nouvelles du labo ?

– Pastille m'a dit que les empreintes sur la cloueuse sont celles du journaliste. J'envoie des renforts à Fésol pour le coffrer de nouveau, patron ? demanda un Etrela plein de zèle qui commençait à apprécier l'action et que le calme de la nuit morfondait d'ennui à nouveau.

– Surtout pas, laisse-les dormir du sommeil du juste. Lalouette n'a pas cessé de tripoter cette agrafeuse-cloueuse mais il n'a tué personne. Et le légiste ? Il en met du temps !

– Il avait un dîner en ville aussitôt après l'autopsie, qui n'était pas prévue. Il a appelé après son dîner. C'est plus compliqué, j'ai pris des notes. Commotion cérébrale suivi d'arrêt cardiaque, intrusion d'un clou de dix-neuf millimètres dans le bulbe rachidien…

– … ayant entraîné la mort, finit le commissaire. Rien qu'on ne sache déjà finalement.

– Justement non, patron. Le médecin est formel, tout s'est joué à quelques secondes, de sorte qu'il ne peut assurer la cause primaire de la mort. Il dit qu'aucun expert ne fera mieux ; on ne saura jamais si Leroux était encore vivant quand il a reçu son clou ou s'il était déjà mort. Dites, commissaire, cette alternative ne change-t-elle pas tout pour la qualification du crime ?

– Le juge d'instruction va apprécier…, commenta Faidherbe, puis changeant de sujet il ajouta : Je reste chez moi me reposer un peu et je décroche le téléphone. Je viendrai dans la matinée après une visite en ville. Qu'on m'attende avant de communiquer quoi que ce soit à qui que ce soit. Passe la consigne avant de quitter ton service tout à l'heure.

– Les pompiers aussi ont appelé. Le capitaine était surexcité. Il a d'abord dit qu'ils n'avaient trouvé personne mais qu'une galerie partait bien vers la falaise et rejoignait un ancien égout, a-t-il ajouté, par où la vieille s'est probablement évaporée ; les gendarmes la traquent. Mais un de ses gars a découvert que le plancher de la villa servait de coffre-fort : il y a des gros billets en pagaille, planqués entre et sous les lattes, un vrai trésor.

– Eh bien, voilà, les petits secrets finissent toujours par s'éventer. On fera le compte demain.

La voix d'Etrela se fit inquiète au bout du fil :

– Humm…, patron, ma voiture ?

– Elle tourne bien, merci. Je la garde jusqu'à tantôt, si tu n'y vois pas trop d'inconvénient. Je la garerai devant chez toi et je mettrai les clefs dans ta boîte aux lettres. Fais-toi reconduire par une voiture de service ou prends celle de Perchet, à la relève.

– Vous n'y pensez pas, sa 206 machin chose, on ne peut pas y toucher, tout juste s'il autorise qu'on la regarde. Vous n'aviez pas remarqué qu'il avait toujours une peau de chamois dans la poche : il ne supporte pas de voir une trace de doigt sur sa peinture bleu nuit métallisée. Et je ne parle pas de la poussière.

Le commissaire raccrocha, rangea son imperméable et sa veste dans la penderie de l'entrée. Il abandonna aussi à leur place ses chaussures et alla s'étendre sur le canapé. Inutile de se mettre au lit, sa nuit était presque terminée. En dépit de son extrême fatigue, il eut un peu de mal à s'endormir, un sifflement agaçant lui vrillait encore les tympans et, comme une scie, le premier mot du CD d'Etrela, tourmentait sa conscience qui aspirait au repos : "*Confusion...*"

A neuf heures, Faidherbe découvrait l'imposante façade XVIIIe du *Foyer des Tilleuls* à l'extrémité d'une impasse qui donnait rue de Trigauville. La directrice le reçut aussitôt que la secrétaire lui eût annoncé par interphone sa qualité de commissaire de police. Mlle Cottin était une personne entre deux âges, à l'aspect ingrat mais amusant. Les gamins que lui avait confiés la DASS mesuraient-ils la chance qu'ils avaient d'être sous la protection d'un sosie d'Olive, la femme de Popeye ? Enfant, le petit Georges Faidherbe aurait fureté partout dans la bâtisse dans l'espoir d'y rencontrer un de ses héros de B.D. favoris. Les enfants d'aujourd'hui lisaient-ils encore les aventures du marin dopé aux épinards ? Sa nièce ne jurait que par Yu-Gi-Ho ! et Dragonball. Popeye, c'était peut-être interdit désormais. Il pensa qu'il ne pouvait même pas poser la question sans passer pour un goujat. Quand il montra la photo d'Annabelle et Jimmy à peine sortis de l'adolescence, la directrice remarqua avec acidité qu'Annabelle Tourte avait bien changé depuis.

– Je ne connais pas ce jeune homme, et je ne m'en plaindrai pas, ajouta-t-elle en guise de commentaire au portrait de Lefèvre. Quand Mlle Tourte a usé de son droit de visite, elle était plusieurs fois accompagnée d'un homme plus…

Comme elle semblait hésiter sur le qualificatif, le policier glissa des suggestions :

– …grand, plus fort, plus brun, plus séduisant, au parfum musqué ?

Elle secoua la tête avec condescendance.

– Plus convenable que celui-là surtout et pour vous dire franchement le fond de ma pensée, plus convenable qu'elle aussi. Ils formaient un couple mal assorti. Mais après tout, ce n'était pas un couple. En tout cas, pas un couple légitime.

Faidherbe trouva qu'elle prononçait cette dernière expression avec un air de dégoût qui le mettait mal à l'aise. Il jugeait cette répugnance excessive et l'intolérance d'Olive, loin de le faire sourire, l'agaçait. Il pensa à Popeye pour garder un sourire de façade, alors qu'il se crispait intérieurement.

– Sauriez-vous son nom, quelque chose sur lui, madame la directrice ? demanda-t-il.

– Mademoiselle. Vous l'avez très bien décrit. C'est à croire que vous le connaissez, répliqua Olive avec un air pincé. Je ne crois avoir jamais entendu son nom. Son prénom, peut-être une fois. La toute première fois, quand j'ai dit à Mlle Tourte qu'elle seule avait le droit de visite et que par conséquent, je ne pouvais laisser le monsieur qui l'accompagnait, en présence de Kévin. Eh oui, c'est ainsi que s'appelle le petit Tourte, soupira-t-elle, un pauvre petit bonhomme bien attachant affublé d'un prénom, comment dirais-je ? un peu barbare, c'est ça, barbare, tout à fait barbare. On se demande où sa mère a pu trouver ça. Certainement pas dans le calendrier des Postes.

Le commissaire eut une poussée d'adrénaline et une bouffée de chaleur de colère contenue qui le fit presque se trouver mal après la nuit qu'il avait passée. Il sut pourtant se maîtriser.

– Et le prénom du compagnon de Mlle Tourte, vous revient-il, Mlle la directrice ?

Olive leva les yeux au ciel.

– Mais pas du tout, si vous croyez que j'ai le temps de m'encombrer l'esprit de ce genre de détails avec toutes les responsabilités qui reposent sur mes épaules.

Faidherbe chercha sur le tronc longiligne assis derrière le bureau en face de lui quelques angles qui esquissassent des épaules puis revint à la charge.

– Un détail qui vous ait frappée ?

– A bien réfléchir, deux choses pourront peut-être vous être utile : en une occasion, un anniversaire du petit, Mlle Tourte m'a confié l'espoir qu'elle avait de recouvrer entièrement la garde de son fils. Elle a laissé entendre que son compagnon était très bien placé pour influer sur le juge, « très bien placé », ce sont ses mots mêmes. Cette fille m'a semblé avoir perdu le sens des réalités : vous et moi savons bien qu'en ce qui concerne les enfants, les juges sont inflexibles. Je suppose que l'amour l'avait rendue nigaude, ce ne serait pas la première. On leur promet la lune, elles y croient. Elle a dû changer d'opinion car, ces derniers temps, elle est revenue plusieurs fois seule. Elle était sombre aussi et ne parlait plus de reprendre son petit garçon.

– Elle n'était pas idiote, elle était malheureuse, donc vulnérable, reprit le commissaire. Le deuxième détail ?

– Cet homme jeune m'a semblé très soigné de sa personne – pour autant que la mode actuelle le permette vraiment – n'était qu'il portait en permanence un écouteur à l'oreille. Je suis persuadée que ce n'était pas un appareil auditif, peut-être quelque chose en rapport avec ces téléphones portables tellement tendance, comme on dit à présent.

Olive sourit. Audace de vocabulaire ? Evocation émue de la silhouette mâle, athlétique et distinguée qui franchissait les grilles monumentales de l'institution pour s'approcher d'elle sous les tilleuls ? Le commissaire la voyait aussi. L'émotion lui étreignait la gorge. Il ne souriait pas. Il vacilla même en se levant.

Sur le perron de la demeure où il était reconduit, la voix de Mlle la directrice le sortit du brouillard :

– Vous n'avez rien pour Kévin, pas de message, pas de cadeau ? Il finira par apprendre que quelqu'un est venu pour sa maman. Tout se sait ici. Les visites sont précieuses, elles sont épiées. Enquête ou pas, vous auriez dû penser à lui, c'est un enfant, commissaire.

Elle appuya sur ses deux derniers mots avec un ton de reproche.

Le policier eut une inspiration. Il tâta ses poches et sortit la paire de jumelles de Lalouette. En la tendant à Olive, il lui dit avec le fond de sourire qu'il pût trouver en lui :

– Vous lui remettrez ceci et vous lui direz que c'est un cadeau et un souvenir de la part d'un bon ami de sa maman. Ça pourrait faire naître une vocation.

Mlle Cottin reçut l'objet comme si on lui remettait une crotte de chat sans emballage.

– Je ne sais pas si…

Faidherbe se départit de son calme apparent et un peu de sa courtoisie :

– Madame la directrice, avant d'être commissaire de police, j'ai été petit garçon. Je sais ce qui plaît aux enfants. Vous préférez que je lui fasse présent de mon couteau suisse ou de mon arme de service ? Dites-lui aussi qu'un autre jour, je viendrai le voir, lui. Si les jumelles ne lui ont pas été remises, j'apporterai un briquet et un paquet de cigarettes, et je pourrais pousser jusqu'à la boîte de préservatifs.

Olive s'empourpra et suffoqua. Le policier battit le fer, il était chaud :

– Annabelle Tourte n'a-t-elle pas appelé son compagnon Jérôme ?

Olive opina du chignon.

– Eh bien, voilà qui est coopératif et rassurant : vous avez gardé malgré tout une bonne mémoire des détails.

Sur ces mots, il s'éloigna, franchit la grille, passa la Clio d'Etrela qu'il avait garée dans l'impasse pour rejoindre à pied la rue de Trigauville ou, plus bas, la rue Aristide Briand, à la recherche d'une cabine téléphonique en état de marche.

Il tomba sur Mme Fésol. Il dut confirmer l'histoire du pantalon et la pria de réveiller son mari. Inutile. Elle l'avait empêché de dormir après cette histoire. Il était debout.

– Fésol ? Deux questions et tu pourras enfin aller te coucher. Tu étais en poste quand Annabelle Tourte a été coffrée ? Qui était chargé de l'enquête ?

Au bout du fil, il y eut un silence. Fésol avait du mal à remonter le temps, à démêler les affaires, les visages et les noms. A cette heure il aurait dû être plongé dans sa phase de sommeil profond réparateur. Sa femme et son commissaire s'étaient ligués pour le priver de réparation. D'une voix pâteuse il livra un nom, deux fois, deux fois le même nom. Il en était plus que sûr.

– Bonne nuit, bonhomme, si je puis dire à l'heure qu'il est, et merci.

Avant de faire un deuxième numéro, le commissaire ouvrit la porte de la cabine pour respirer l'air le plus frais possible. Etait-ce un état nauséeux ? Il avait de plus en plus chaud. Le trafic était dense, la rue bruyante et polluée.

– Ah, Faidherbe, enfin ! s'exclama à l'autre bout du fil le juge d'instruction. Je finissais par croire que vous aviez pris des congés à Etretat. J'essaie de vous joindre depuis ce matin. D'où appelez-vous, bon Dieu ? Vous faites la circulation sur un carrefour ? J'ai du mal à vous entendre. Dites, en haut lieu, on me demande des résultats sur-le-champ depuis qu'on sait que Leroux n'est pas mort de mort naturelle. On s'émeut depuis Paris, rien que ça. Vous avez du nouveau ?

– Tout juste, monsieur le juge. Vous pouvez préparer un mandat d'amener pour Rotha Utler, la gouvernante, pour le meurtre de Maurice Leroux, avec des réserves que le légiste vous expliquera, et pour complicité dans celui d'Anselme Oulbec.

– C'est très bien, ça. Félicitations, monsieur le commissaire ! Mais, vous dites complicité, qui est donc le meurtrier ?

– Ce serait Leroux lui-même !

– Ce n'est pas possible, commissaire, vous m'entendez ?

– Je le comprends très bien, monsieur le juge, répliqua sèchement Faidherbe.

– Et naturellement, vous n'avez toujours rien pour la femme Tourte ?

Pendant une seconde, le policier eut envie de déclarer :

– Pour cette affaire-là, j'ai un coupable aussi : Faidherbe, Georges, né à Mouilleron-en-Pareds, un 28 septembre, comme Clémenceau.

Une inspiration subite, très folle. Une partie de lui-même aurait préféré. Il étouffa en lui le sens du devoir et se tut sur ce qu'il percevait de plus en plus nettement. A quels autres forfaits ce petit assassinat intime conduirait-il le commissaire ? Il se contenta de répondre :

– J'ai un rendez-vous dans la journée pour recueillir un témoignage clé. J'envoie quelqu'un chercher le mandat d'amener de Rotha Utler. Ajoutez-y un mandat de perquisition, en blanc.

– Vous plaisantez, j'espère ?

– Autant que vous sur la culpabilité de Leroux, monsieur le juge.

– J'ai compris. En tout cas, on compte sur vous en haut lieu, pour mettre fin à la psychose du tueur en série à Etretat. Pas plus tard que ce matin encore, quelqu'un du ministère du Tourisme m'a tenu la jambe une heure au téléphone à ce sujet.

Il rappela madame Fésol. Elle prit assez mal la chose. Il ne fallait pas pousser les fonctionnaires subalternes dans la tombe. Son mari y passerait, si on continuait à l'accabler de missions et à le priver de sommeil et de pantalon. Quand elle eut ainsi tempêté quelques minutes, le commissaire put placer les mots nécessaires pour l'amadouer malgré le vacarme de la circulation auquel il devenait de minute en minute plus sensible. Il se demanda si le lecteur CD de la Clio d'Etrela, au lieu de le rendre sourd, n'avait pas aiguisé son ouïe.

– C'est une question de vie ou de mort. Il n'y a que votre mari qui puisse par son intervention me tirer d'affaire. J'ai besoin de son tact et de sa discrétion. C'est tout en douceur et en finesse et sans danger pour lui.

Il eut enfin la communication avec un Fésol bâilleur à qui il ordonna de partir chercher les mandats chez le juge pour les déposer dans sa propre boîte aux lettres puis de se recoucher sans plus répondre aux appels téléphoniques de quiconque.

Il hésitait sur la conduite à tenir ensuite. Il entra dans un café-presse, commanda un petit noir et un croissant, qu'il consomma au bar. Leurs bonnes odeurs le réconcilièrent quelques secondes avec l'instant présent. La mélodie du CD diabolique avait remplacé dans sa tête le bruit de la circulation. Il se surprit à la fredonner. Quand il posa ses pièces sur le bar, en les faisant tinter, il lui prit la fantaisie de tirer à pile ou face. C'était face, il irait. S'il avait tiré pile, il y serait allé aussi, de toute façon. Il n'y avait que ça à faire. Du café, il appela l'hôtel de police où il demanda le lieutenant Perchet.

– Ah, patron ? Qu'est-ce que je fais moi, ce matin ?

– Retourne à Etretat, fais la liaison avec les gendarmes. Je vous rejoins sous peu. Et emporte ton arme. Sait-on jamais ? Nous allons cueillir la coupable, tous les deux.

– La coupable ? Ce n'est donc plus Lalouette ?

– Mais non, sa Nanny, sa nounou. File, et surtout, quand on l'aura repérée, n'effrayez pas la guêpe, il faut la surprendre au nid. Rien sans moi. Avant de partir, fais-moi envoyer une voiture devant chez Etrela dans trois quarts d'heure, s'il te plaît.

– Chez Etrela ?

– J'ai gardé sa Clio mais ça ne peut plus durer ; je parie que la peur que j' emboutisse son bolide l'empêche de dormir, le pauvre garçon.

Il démarra la Clio en côte, appuyée sur le véhicule garé derrière, manœuvra un laborieux demi-tour et prit le chemin du boulevard François Ier, où était l'appartement qu'il avait décidé de visiter.

Par un de ces hasards qui font le bonheur des romanciers, un couple de retraités sortait de l'immeuble au moment même où le commissaire se présentait à la porte verrouillée dont il n'avait pas le code. Sa prestance et son assurance lui évitèrent les questions. Au troisième étage, il frappa à la porte de l'appartement 12, d'où provenait un vrombissement d'aspirateur. Une femme noire robuste lui ouvrit. Elle n'avait pas éteint l'aspirateur, il dut forcer un peu sa voix :

– Madame Ba, je suis venu chercher un livre.

– Cherchez mais mettez pas le bazar, s'il vous plaît. Je viens de faire la poussière et monsieur aime pas qu'on dérange, comme vous savez. J'ai jamais vu un homme célibataire aussi ordonné. Pas même vous. Vous devriez le convaincre de se marier. Si c'est pas malheureux de rester seul, un beau garçon comme ça. Il saurait faire le bonheur d'une femme, tiens, lui. J'ai beau y répéter, il me dit en souriant : "Vous commencez à radoter madame Ba, à radoter..." J'ai cinquante-huit ans, monsieur le commissaire, j'ai vécu, je connais les hommes, je sais ce que je dis.

Sans lui tourner le dos pendant qu'elle parlait, Faidherbe s'enfonçait dans l'appartement. Il dépassa l'aspirateur et s'approcha de la bibliothèque, un meuble en orme qui occupait tout un mur du salon et qui révélait le bibliophile ou le bibliomane. Il n'eut pas besoin de déplier la chaise escabeau qui rendait accessible les étagères supérieures réservées aux ouvrages les plus vieux, reliés en maroquin. Avec sa tranche noire, le roman de Leroux se remarquait tout de suite sur l'alignement de livres contemporains dont les couvertures et les jaquettes arboraient des couleurs pâles ou fanées. C'était bien le numéro 27, *Le Papillon de Bornéo épingle 017*. C'était le seul roman d'espionnage du rang.

L'aspirateur se rapprocha comme une mouche bourdonnante. Décidément, il était persécuté depuis cette nuit. Il se jura de faire une cure de sommeil dans un caisson étanche au bruit dès que cette pénible affaire serait bouclée.

Il ouvrit le livre, une feuille bleue en tomba. Il la ramassa aussitôt sous la surveillance de la femme de ménage. Mme Ba ne se gênait pas pour l'observer et, lui souriant gentiment, faisant aller venir la brosse sur la moquette au même endroit. Le billet, manuscrit, était bref : « Moi, Maurice Leroux, écrivain, lègue à ma mort la *Villa Eugénie* – c'était le nom d'origine de la clinique du docteur Frank Epstein – et tout ce qu'elle contient à ma gouvernante, Miss Rotha Utler, plus une rente équivalente à son salaire annuel au moment de mon décès et le montant des droits de succession, à prendre sur mes autres biens que je lègue à mon petit-neveu Hugues Lalouette. Toutefois, la gestion de mes droits d'auteur, des contrats et de leurs revenus restera au Cabinet Kopec & Denier de Paris. » Un paraphe authentifiait le testament. Faidherbe conclut que Leroux l'avait caché puis oublié là ; Lalouette n'avait aucun intérêt à le faire disparaître, Rotha encore moins.

Ce testament s'avérait donc une fausse piste. Le policier en fut déçu. Machinalement, il tira de la rangée un autre livre qu'il feuilleta : un exemplaire dédicacé de l'édition originale de *Rhum* de Blaise Cendrars. Il en prit un autre, *Minuit* de Julien Green, édition originale de 1936, dédicacée aussi. Il rouvrit alors le roman de Leroux à la page de garde : l'écrivain y avait gribouillé et raturé un texte court, qui n'était pas une dédicace mais qui était signé aussi : « Je lègue à la Fondation Kopec & Denier tous mes biens pour promouvoir, par des prix, et défendre, par des procès, les valeurs littéraires dont j'ai déposé la liste chez Kopec & Denier de Paris. » La date manquait sur ce qui pouvait être un brouillon de testament.

Ça changeait tout. Faidherbe sentit s'agiter frénétiquement les pièces de son puzzle intérieur. Pourquoi avoir gardé ce livre ? Simple négligence ? Vol d'un amateur d'éditions originales signées par l'auteur ? Instrument de chantage pour se procurer de l'argent auprès des précédents héritiers, Utler et Lalouette, que le nouveau testament spoliait ? Défense des libertés littéraires fondamentales menacées ? La silhouette morale du coupable changeait de forme autant de fois que de raison.

Finalement, il n'était plus sûr qu'Annabelle eût payé de sa vie l'abandon d'un amant jaloux et impulsif. Elle avait eu aussi deux autres torts : lire une page de garde de trop et prêter son livre. Quand on prête un livre, on le perd souvent. La malheureuse Annabelle avait perdu la vie. C'était assurément une folie, peut-être un crime passionnel : crime de la jalousie, crime de la bibliophilie ou crime d'un fanatique de la raison des Lettres qui ne voulait pas que les dernières volontés d'un tyran littéraire fussent divulguées. Peut-être n'était-ce qu'un crime crapuleux, sale, moche.

A ce propos, ce brouillon donnait corps aux révélations de l'ancien notaire. N'y avait-il pas alors deux autres crapules ? Rotha Utler et Hugues Lalouette avaient très bien pu, chacun pour son compte, liquider le vieil écrivain par pure cupidité frustrée. Tout réviser ? Faidherbe se passa la main dans les cheveux pour calmer une migraine qui l'envahissait. « Calme-toi, Georges, se dit-il, aujourd'hui, objectif Tourte et seulement Tourte. »

L'aspirateur qui sifflait furieusement, sa gueule poilue coincée dans la haute laine de la moquette, tira le policier de ses interrogations. Mme Ba s'était arrêtée de le manœuvrer et fixait le commissaire avec toujours le même sourire.

– Vous avez trouvé ? C'est très bien. Je profite que vous êtes là pour vous dire que je ne viendrai pas chez vous la semaine prochaine : j'accompagne ma fille à sa première échographie, elle a peur, cette grande sotte.

– Mais comme vous voudrez, Mme Ba, répondit laconiquement Faidherbe.

Avant de prendre congé, le commissaire embrassa du regard la vaste salle claire. Un mur blanc exposait une toile contemporaine abstraite de grande dimension aux taches de couleurs vives, l'autre, en face, entre les fenêtres, des miniatures vénitiennes dans le genre de Longhi et des natures mortes hollandaises, des copies probablement. Tout cela exprimait un goût précieux et des revenus bien supérieurs au sien.

La porte fermée, l'aspirateur reprit sa promenade ronronnante sous la poigne ferme de Mme Ba. Le roman testament de Leroux occupait la place des jumelles dans la poche de l'imperméable de Georges Faidherbe.

A quelques centaines de mètres de là, le policier gara facilement la Clio dont il glissa les clés dans la boîte à lettres d'Etrela. A cette heure-ci, le brave jeune homme dormait, si les événements de la nuit et le prêt de sa Renault neuve ne l'en empêchaient pas. Le véhicule qu'il avait demandé ne tarda pas. Il reconnut le même chauffeur que la veille, le jeune Schlumpf, un Alsacien jovial. Il lui sembla qu'il s'était écoulé une éternité depuis la découverte du corps d'Oulbec sur la falaise d'amont. Il avait oublié le visage de Schlumpf.

– Etretat, commanda-t-il.

– Vous y prenez goût, monsieur le commissaire, dit le chauffeur pour engager une conversation aimable.

Faidherbe ne répondit pas, comme s'il n'avait pas entendu. Il fermait les yeux pour se replier dans des pensées chagrines. Dans la côte de Sainte-Adresse, il dormait déjà, la tête en arrière, bouche ouverte.

Schlumpf, pilote de rallye pendant ses loisirs, conduisait avec beaucoup de maîtrise. Il ralentit pour ménager le sommeil de son passager. Ça ne l'empêcha pas de murmurer, un œil sur le rétroviseur :

– Y a pas à dire, les chefs se la coulent douce.

CHAPITRE 11

Chassez l'amant, il revient en salaud

Au croisement de Beaurepaire, le chauffeur réveilla son patron. On entra dans Etretat, la voiture passa devant la villa de Maupassant, la maison de retraite, le *Clos Lupin*. Le commissaire avait du mal à rassembler ses esprits. Le surmenage de ces dernières heures pesait sur sa carcasse. Il était affamé de surcroît. On approchait de midi. Il fit garer le véhicule sur le parking de la mairie. Il avait besoin de faire à pied la centaine de mètres qui le séparait du bord de mer pour se dégourdir les jambes et les idées. Besoin de rassembler toutes ses forces avant d'entrer dans l'arène et de commander la mise à mort. Ce n'était pas beau, c'était nécessaire.

La porte de l'Hôtel de Ville était ouverte. Du coin de l'œil, il aperçut la balustrade jaune d'une rampe d'escalier. Une silhouette descendait. Trop tard pour l'éviter. Heurtot, en tenue de ville, pochette de cuir en bandoulière, s'élança vers le commissaire :

– Monsieur le commissaire, c'est donc vrai ? On arrête Mlle Utler ? A son âge ! À l'heure de l'apéritif ! C'est incroyable ! D'un autre côté, je suis soulagé : ce n'est pas quelqu'un d'ici qui pouvait commettre des actes aussi horribles, aussi préjudiciables à la réputation de la ville. Je vous l'avais bien dit, j'ai de l'intuition pour ces choses-là.

– Monsieur Heurtot, il y a plus de soixante ans que Miss Rotha Utler habite ici. Ça ne compte pas ?

L'ancien notaire, adjoint au maire, eut une moue étonnée :

– Ce n'est pas pareil, c'est tout. Je vous accompagne ?

Le commissaire le toisa et jeta froidement :

– Je préfère marcher seul que mal accompagné ; finalement, je vous préfère en Andalouse de carnaval : ivre et maquillé, vous êtes plus humain.

Il passa à grandes enjambées devant la *Taverne des Trois Bénédictins*, eut une montée de salive et un tiraillement douloureux dans l'estomac. L'équipe de service était derrière les vitres attendant les clients et l'événement. Il ne vit pas Jennifer. Il leur adressa un petit geste amical. Il ne savait pas s'il pourrait prendre le temps de déjeuner à une heure décente. Heurtot suivait de loin.

À la hauteur du parking de la plage, il vit Quenail en grande conversation avec la barmaid sur le seuil des *Années Folles*. L'homme tourna la tête, affichant un dédain ostensible et s'éloigna dans la direction du *Connemara*. Des gendarmes et des pompiers descendaient l'escalier de la terrasse à sa rencontre. Perchet restait invisible. Heurtot ne le rejoignit pas et disparut dans la direction qu'avait prise Quenail.

Le brigadier de gendarmerie salua.

– Monsieur le commissaire, le dispositif est prêt, mes hommes sont dissimulés et surveillent la suspecte, prêts à intervenir.

– C'est donc qu'on l'a retrouvée.

– Un pêcheur qui préparait sa barque sur la plage l'a vue à l'aube marcher jusqu'à la grotte qu'on appelle le Trou de l'Homme, dans la falaise d'aval.

– Eh bien, allons-y tout de suite.

Le pompier, qui s'était tu jusque là, intervint :

– Vous ne pouvez pas, monsieur le commissaire. À cette heure-ci, c'est marée haute, le bas de la falaise est inaccessible à pied. Nous avons notre Zodiac aussi, mais pas pour une arrestation. Si vous avez besoin de secours, nous suivrons en renfort.

– Je vois, se contenta de répondre le policier, montant déjà les marches l'escalier.

Par cette belle fin de matinée d'avril, les bleus du ciel et de la mer rivalisaient de douceur et de clarté, la surface de l'eau était presque lisse, et le ressac infime. Dans les gens qui se tenaient sur la terrasse promenade, il chercha du regard Perchet. Lalouette, flanqué de Joseph Lacorne, se détacha d'un groupe et lui envoya un coup de flash dans les yeux. Il avait gardé le pantalon de l'inspecteur Fésol. Il anticipa les questions que le policier n'avait pas l'intention de lui poser.

– Je me doutais qu'il y aurait de l'action dès ce matin. Je n'ai pas pu entrer chez moi. Vos sbires m'en ont empêché : protection rapprochée du mort jusqu'à sa prise en charge par l'embaumeur des pompes funèbres, cet après-midi. Heureusement que le photographe, un copain, m'a prêté un appareil.

Il tendit la main en direction du sud-ouest et reprit :

– Elle s'est carapatée dans un trou de la falaise. Quelle idée ! Elle a complètement perdu la tête. Faudrait pas tarder à aller la chercher, commissaire, elle va attraper la crève dans le froid et l'humidité. Soyez humain pour une fois.

Toujours muet, le commissaire s'avança vers le parapet qui limitait la terrasse le long de la plage puis demanda au brigadier qui le suivait à qui appartenait le canot de pêche blanc et rouge à mi-pente sur les galets.

Une voix glapit avec fierté :

– Est à mé.

C'était Joseph Lacorne qui attendait son heure de gloire comme un basset attend sa pâtée.

Le bonhomme reprit en hochant la tête en continu :

– Et c'est mé aussi qui l'ai vue se mucher dans l'trou là-bas, la Miss.

Enfin le commissaire aperçut son adjoint venir à sa rencontre de l'extrémité de la terrasse. Evidemment, il était accompagné de Jennifer.

Faidherbe posa la main sur l'épaule de Lacorne.

– Toutes mes félicitations. C'est une belle barque que je vous vois là. Bien entretenue. Ce serait un grand honneur pour les forces de l'ordre de l'emprunter un moment.

Le vieux pêcheur eut un regard méfiant et resta silencieux.

– Il pourrait même y avoir récompense, continua le commissaire, à commencer par l'apéro.

– All'est à vous, conclut Lacorne. La gâtez pas.

Le commissaire se tourna ensuite vers le brigadier. Perchet les avait rejoints.

– Avec mon adjoint, nous allons chercher Miss Rotha Utler, sans faire de bruit, à la rame. Je la connais, elle a perdu la tête. Il ne faut pas l'effrayer, elle peut avoir des réactions imprévisibles et désespérées. Quand vous nous aurez vus entrer, comptez une demi-heure. Si vous ne nous voyez pas ressortir au bout de ce temps, c'est qu'il y a un problème, envoyez les Zodiacs, si vous les avez reçus, ou celui des pompiers.

– Vous n'avez pas le téléphone ? s'étonna le brigadier. Je peux vous prêter mon talkie-walkie, mais ne le laissez pas tomber à l'eau, ou envoyer chercher un mégaphone dans la fourgonnette.

– Tout ça, c'est électrique et fragile, je préfère prendre mes dispositions à l'avance, répondit Faidherbe, et se tournant vers Perchet, il lança froidement :

– Allons-y, joli cœur.

Gendarmes et pompiers aidèrent à la manœuvre sous la direction de Lacorne.

Quand le canot fut à l'eau, Perchet prit les rames. Faidherbe, debout face à lui, l'observait. Ils longèrent la plage sur quelques mètres. Les gendarmes et les pompiers étaient restés à les regarder s'éloigner, en discutant. Joseph Lacorne volait sur les galets. Il se précipitait au *Connemara*, espérant échanger la nouvelle de leur démarrage sur sa barque contre un demi bien frais, si Quenail ne lui foutait pas un coup de pied au cul. Ça valait la peine de courir le risque, pensait-il. Quelle belle journée !

Un petit clapot se forma, qui bouleversa l'estomac vide du commissaire. Il préféra s'asseoir. Devant l'entrée de la grotte, il fit un geste d'arrêt. La falaise éblouissante de blancheur les écrasait de toute sa hauteur tandis que la caverne noire ouvrait une gueule de Léviathan alouvi. Perchet regarda son patron, interrogateur, maintenant l'embarcation à la même place avec de légers coups de rames. :

– On attend un peu ici, dit Faidherbe.

Il sortit ensuite de sa poche le roman de Leroux et l'envoya adroitement sur le banc de nage devant les genoux de l'inspecteur où un mouvement du canot le fit glisser un peu sur le côté.

– Je t'ai apporté de la lecture…

Perchet le fixait intensément, sans rien dire, mais ses mouvements étaient plus secs, ses doigts blanchis sur les rames. Le canot recula un peu. Le mouvement de la mer se fit plus sensible. Dans la caverne, le ressac ronflait.

– J'ai tout deviné, je sais tout, Annabelle, la came, les livres rares, les tableaux, le testament, continua le commissaire avec une voix blanche d'émotion et d'accablement. S'il avait eu un fils…

Il reprit :

– Tu m'as déçu, ce n'est pas le plus grave. Tu as bousillé la pauvre Annabelle, un acte de vrai salaud. Alors voilà, ce que tu vas faire… Tu vas m'aider à sortir d'ici la vieille folle, sa grand-mère, pour compenser. Et puis tu nous quitteras dignement, dans l'honneur… si tu as encore un peu de dignité. A moins que tu ne préfères la prison, la survie dans la honte.

Le jeune inspecteur se leva brusquement au risque de faire chavirer l'embarcation :

– Vous êtes tombés sur la tête ? hurla-t-il. Moi, tuer Annabelle ! Au contraire, je surveillais Lefèvre. Je savais qu'il était sorti et qu'il finirait par venir la relancer, peut-être la menacer ou la faire chanter. Je pensais même qu'ils s'étaient déjà revus à mon insu, j'ai mes raisons. Oui, j'y étais ce soir-là. Quand il l'a quittée, je suis reparti aussitôt.

– Pourquoi ne m'as-tu rien dit ?

– Vous savez pourquoi… Il fallait dire tout le reste. J'ai pensé que je m'étais fait doubler par ce salopard, qu'il était remonté sur un coup de tête alors que je le croyais parti.

– Je ne te crois pas, je sais que tu avais été son amant mais qu'elle ne voulait plus de toi. Rassieds-toi, on va verser.

– Croyez-moi, patron, je l'avais dans la peau, j'espérais encore retourner la situation.

– Si ce n'est pas toi, il y avait quelqu'un d'autre encore. C'est pourtant pas Quenail ! s'écria Faidherbe

– Qu'est-ce qu'il ferait dans notre histoire, celui-là ? répondit Perchet qui n'imaginait pas que, non content d'avoir Annabelle dans son bar, le fruste Justin Quenail la gardait aussi au chaud dans son lit.

– Gardons la tête froide et réfléchissons. Je ne te parle pas de ça. Qui as-tu vu ce soir-là sur ton chemin ? En cette saison, la nuit, il ne devait pas y avoir grand monde.

– Les deux types de la plage tout à l'heure, le journaliste et le propriétaire de cette barque. C'est sûr, ils sont faciles à reconnaître, on ne peut pas les oublier. A part eux, je ne vois pas. Ah si, une femme, que je ne connais pas. Je me suis fait la réflexion : Elle n'a pas froid aux fesses, celle-là.

– Annabelle était bien dehors aussi.

– C'est pas pareil.

– C'est la deuxième fois qu'on me répond ça depuis tout à l'heure.

Un éblouissement vint au commissaire.

– Ta femme, c'était pas un travelo ?

– Mais oui ! Voilà ce qui m'a paru insolite en elle, répliqua le jeune inspecteur. Je n'ai pas creusé, je filais Lefèvre et je me faisais du souci pour Annabelle.

Sous le choc et le mouvement de la barque, le cœur de Faidherbe tanguait. Heurtot ! Un Heurtot, dévoré de jalousie, amoureux muet ou éconduit, avait piqué la nuque d'Annabelle Tourte. Comment n'y avait-il pas pensé plus tôt ?

– C'est un notaire, enfin un ancien notaire, crut-il bon de préciser.

– Annabelle ne m'a jamais dit qu'un notaire lui tournait autour, commenta Perchet.

– Mais crétin, ce n'était pas autour d'Annabelle qu'il tournait, il était amoureux de Justin Quenail ! Annabelle était sa rivale ! On n'est pas dans le flirt, au milieu des fleurs et des abeilles, mais dans la passion, dans la passion… répéta le commissaire, abasourdi par la mise en place de la dernière pièce du puzzle.

La mer s'était faite plus forte, ils étaient secoués. Sur la terrasse du Perrey, on devait se demander ce qu'ils attendaient. Il se reprit :

– Rame, entrons dans la grotte. Tu n'es pas l'assassin, ça change tout. Tu n'es qu'un ripou : au pire tu seras radié du corps avec un bon sursis. Pas de quoi étrangler une mouette.

Ils nouèrent une corde au premier barreau d'une échelle qui, dans la caverne, donnait accès à un tunnel. Sous les coups de boutoir de la mer, Léviathan grondait.

Les deux hommes se tinrent un moment silencieux sur une étroite terrasse naturelle, de deux ou trois mètres de large, la mer battant la falaise en dessous, une bouche d'ombre comme l'orifice d'un canon s'ouvrait sur la paroi. Perchet regarda le commissaire d'un air lamentable et promena son regard de séducteur vaincu autour de lui, comme cherchant dans ce piège une issue à sa faute. Sa silhouette claire en costume d'été se détachait sur la gueule ouverte du tunnel, qui exhalait un souffle méphitique.

Au cri d'une mouette au fond de l'orifice, derrière lui, répondit l'éclatement sur le parapet d'une vague plus forte que les autres, dans le dos de Faidherbe. Le commissaire se sentit alors comme poussé par cette vague qui avait arrosé sa nuque d'embruns. Il avança presque involontairement d'un pas vers son adjoint. Celui-ci recula un peu plus loin dans l'entrée du tunnel de sorte que la moitié haute de son corps disparaissait maintenant dans la pénombre alors que le bas restait encore visible. Une main nerveuse tremblait sur le rebord de sa veste. Faidherbe regretta sa consigne : il savait Perchet armé.

La mouette appela de nouveau. Perchet recula d'un pas, Faidherbe fit encore un pas en avant et pénétra à son tour dans la galerie. La main dans la poche de sa gabardine pressait le métal de la petite lampe électrique, avec le sentiment dérisoire d'être protégé contre un geste désespéré de son adversaire. Il courba l'échine pour éviter de heurter le plafond du passage. Nouveau cri d'oiseau. Une autre vague. Deux pas les firent progresser plus loin dans le tunnel. Aucune trace de Rotha Utler et Perchet avait complètement disparu dans le noir mais le commissaire sentait sa présence en face de lui. Faidherbe s'arrêta et parla à la bouche d'ombre.

– Va voir jusqu'au bout du tunnel, Perchet. Tu ne te feras pas la belle, de toute façon. Il n'y a qu'une plage fermée par la mer au fond, et c'est marée haute…

Au bout du tunnel, la mouette riait à l'approche de Perchet. Le souffle iodé d'un courant d'air glacial passa dans la nuit humide du boyau.

Les aveux qu'avait obtenus Faidherbe de Miss Utler dans un autre trou s'étaient soldés par une issue rocambolesque. Ce mauvais souvenir lui donnait maintenant un sale pressentiment. Les espaces fermés ne lui réussissaient pas depuis quelque temps. Une boule serrait sa gorge, il devenait claustrophobe.

Il entendit soudain un cliquetis inquiétant et perçut du mouvement. La lampe. Faidherbe dégaina. Il balaya l'espace devant lui d'un mince faisceau lumineux de fin de batterie. Rotha Utler souriait de son rictus de folle dans le halo jaunâtre. Les cheveux filasse plaqués sur son crâne par l'humidité réduisaient encore sa petite tête de fouine, blanchie à la craie, minuscule et effrayante.

– Mais… vous êtes là, vous ! Perchet vient de passer pourtant! Perchet, reviens ! J'ai Rotha !

Il avança vers Miss Utler. Comment avait-elle pu s'interposer entre les deux hommes sans bousculer Perchet ? De quel trou de souris sortait-elle encore, celle-là ? Elle s'agita, saisit les revers de gabardine de Faidherbe et approcha son visage de cauchemar du sien. Il avala une forte dose de relents de sherry enrichis au sel de mer. Elle le secoua en hurlant d'une voix de spectre.

– *This is the end ! This is the end !*

Dans l'agitation pour détacher les mains de la gouvernante, la lampe éclaira un instant une partie de la paroi, au niveau du sol sur la droite. Oui, c'était bien d'un trou de souris à sa mesure que la vieille Rotha était sortie. Une autre galerie beaucoup plus étroite débouchait là, perpendiculairement au boyau principal, cachée par un leurre. Un effet pour le dernier acte de ce théâtre de guignols, une trappe d'où elle était sortie comme un pantin de bois et de chiffons. Nimbée de fumée bien sûr : le faisceau mourant de la lampe s'assombrit sur un nuage de particules noirâtres qui sortaient du trou. Puis s'éteignit complètement. Une forte odeur de poudre couvrit l'haleine au tord-boyaux de la vieille. Ça recommençait…

– *Explosives ! Keep out !*

Elle repoussa violemment le commissaire qui faillit tomber. L'artificière du Troisième Reich avait décidément une sacrée force ! Une retraite urgente s'imposait. Il n'eut pas le temps de saisir la gouvernante pour l'emmener hors de la galerie. Elle s'était de nouveau volatilisée. Et l'air devenait irrespirable.

– Perchet ! Perchet ! Reviens bon sang ! Tout va péter ! Et cueille la vieille au passage !

Il sortit et s'arrêta sur la plate-forme.

Il crut voir le costume blanc de Perchet apparaître au débouché du tunnel, comme flottant au-dessus d'une mer mazoutée, quand une explosion sourde retentit à l'intérieur. La fumée noirâtre émanant de la galerie fut alors expulsée par une nuée blanchâtre plus importante encore qui effaça complètement l'image de son adjoint. Propulsés par le souffle, plusieurs morceaux de craie voltigèrent autour de Faidherbe qui s'accroupit en se tenant la tête. Le phénomène virait au volcanisme cauchois !

Faidherbe releva la tête : sur l'entrée de la galerie venait de tomber un rideau de roches. Plusieurs déflagrations suivirent, qui semblèrent parcourir l'intérieur de la falaise en direction de la porte d'aval. Ce chapelet explosif fit s'ébranler par trois ou quatre fois le sol et le plafond d'où se détachèrent encore des blocs de pierre. Faidherbe ne réfléchit plus. Il descendit en panique la courte échelle, monta dans la barque et rama comme un forçat échappé de l'île du Diable, désormais seul à manœuvrer l'embarcation. Celle-ci avança en un zigzag maladroit, mais la direction était bonne.

Le tout était de quitter ce plafond menaçant dont les morceaux pourraient l'assommer, le faire tomber à l'eau et l'achever en le noyant. Il parcourut tête baissée la distance qui le séparait de la plage, ne levant le regard que pour ajuster le cap, même si le plafond du Trou de l'Homme était loin à présent. L'embarcation était secouée, la mer moins calme qu'à l'aller fut prise dans une méchante houle qui manqua de l'envoyer contre le pied de la falaise. Il arriva enfin sur la plage. La barque était à peine échouée sur les galets qu'il en descendit, les jambes à demi immergées.

Plusieurs hommes bleus couraient à sa rencontre, des gendarmes et des pompiers. Ils l'aidèrent à monter jusqu'à la terrasse. Leurs véhicules étaient stationnés non loin, avec des remorques sur lesquelles il distingua des bateaux. Les Zodiacs étaient arrivés.

– Mon adjoint est resté là-bas. Il y a une femme aussi, dit-il au capitaine des pompiers en désignant le Trou de l'Homme.

Un filet de sang s'écoulait de la main du policier, qu'on pouvait suivre à la trace depuis le parapet.

– Vous êtes blessé, monsieur le commissaire !

Faidherbe regarda sa main : manifestement, son auriculaire avait souffert de la projection de roches. Il paraissait plus court qu'avant. Mais Faidherbe n'avait jamais pris la peine de le mesurer. Par un réflexe absurde, il passa la main sur le sommet de son crâne pour vérifier si un morceau n'était pas resté là, l'ongle accroché au cuir chevelu. Ça ne faisait pas très mal pourtant. Il emmaillota son petit doigt dans son mouchoir et remonta la promenade vers d'autres personnes qui étaient là, attroupées.

Il fallait en finir : « *This is the end* » avait dit la vieille… Il cherchait Heurtot du regard, il tombait sur l'incontournable Lalouette, calme, les deux mains enroulées en jumelles devant les yeux. Faidherbe s'approcha.

Personne ne s'intéressait à sa présence de nouveau clown blanc, recouvert jusqu'au sommet du crâne de poussière de craie humide parsemée de grains de poudre, le bas du pantalon détrempé et enroulé autour des chevilles. Ses chaussures accusaient maintenant des incisions fatales qui laissaient voir des chaussettes rouges trouées, en harmonie avec l'extrémité de sa main droite.

Tous étaient comme hypnotisés par la falaise d'aval. Immobiles, ils attendaient le clou du spectacle. On n'entendait maintenant que le clapotis des vagues sur la grève.

Faidherbe regarda dans la même direction. La côte paraissait s'être volatilisée en un rideau opalin qui masquait toute sa longueur jusqu'à l'aiguille dont le sommet seul, tout au bout, restait visible, ainsi que la ligne verte de la crête. Au moins, l'essentiel était encore en place. Le ciel par-dessus était d'un bleu limpide, animé ça et là de quelques mouettes qui voltigeaient nerveusement sur le théâtre des opérations, encore perturbées sans doute par le tonnerre de Miss Utler. Le nuage se dissipa, en se dévoilant lentement du Trou de l'Homme jusqu'à l'extrémité de la falaise.

Au même moment, un Joseph Lacorne halluciné, les yeux exorbités, débouchait en haletant sur la terrasse. Le spectacle lui cloua le bec. Au lever du rideau de brumes fuligineuses, un lamento de spectateurs parcourut la terrasse. Lalouette pleurait. L'aiguille était bien là, mais un peu penchée d'un degré pisien vers l'Angleterre. La porte avait quant à elle accompli son érosion millénaire en une fraction de seconde : on devrait désormais la nommer « petite aiguille », ou « colonne d'Utler ». La partie haute de l'arche ayant disparu, un reliquat reposait en poussière sur les épaules de Faidherbe, l'autre morceau s'éloignait maintenant vers Le Havre comme le panache de fumée d'un steamer, dispersant sur les flots la gloire d'Etretat.

Ce qu'ils contemplaient tous, sidérés, était tellement énorme que Joseph Lacorne en avait oublié la scène dont il avait été témoin alors que le tonnerre grondait dans la falaise : maître Heurtot venait de piquer mortellement Justin Quenail puis s'était troué la peau.

EPILOGUE

Plusieurs mois passèrent avant que le commissaire revînt à Etretat. On l'y tenait pour responsable du déchaînement de violence soudain qui avait finalement abattu la Porte d'Aval et précipité la grotte des Demoiselles et tant de beauté, réduite en poudre, dans la mer. Les morts criminelles et les disparitions finales d'un policier et d'une vieille dame dans le formidable événement avaient frappé de stupeur puis de colère la population : s'il n'avait rien causé, il n'avait rien empêché. A quoi sert la police ? s'indignait-on en payant sa baguette, ses Gauloises et son Millionnaire. On pleurait surtout Justin Quenail, connu et apprécié de tous. La mort de Leroux, méconnu de tous et apprécié de personne, ne soulevait qu'une tristesse de façade : la cérémonie officielle de ses obsèques s'était déroulée dans la capitale. Etretat attendait sa tombe, un monument commandé par son héritier, Hugues Lalouette, à un grand sculpteur contemporain.

La saison fut exceptionnelle, l'été merveilleux. Ceux qui avaient connu Etretat avant, voulurent revoir les lieux aussitôt après. Chacun se sentait l'âme d'un guide pour ceux qui venaient pour la première fois, attirés de toute l'Europe par le retentissement de la catastrophe. Les touristes arpentaient la plage et la partie de la côte encore accessible, cartes postales en main. Les camping-cars se roulaient dessus. Les restaurants débordaient sur les trottoirs, le cœur de la ville fut interdit à la circulation pour qu'on pût se restaurer et déambuler en toute sûreté. On pleurait pour loger sur place. Les hôtels, les particuliers refusaient du monde. Luxe, agitation et voluptés insolentes de la prospérité. Les rancœurs s'adoucirent.

Fin octobre, Georges Faidherbe retrouva sa place à la *Taverne.* Jennifer ne lui adressa pas un sourire mais, quand il tendit sa carte pour payer, remarqua :

– Ah, vous vous êtes fait raccourcir le petit doigt. C'est trop puissant ! Ça vous va bien. Moi, je suis tentée de me faire restyler le nez, puis les oreilles. J'en ai assez des piercings, ça devient commun.

La glace était rompue ; pourtant elle ajouta, soudain revenue méfiante et rancunière :

– Qu'est-ce que vous êtes encore venu faire ici, commissaire ?

Il n'osa pas avouer qu'il était venu manger au restaurant pour la revoir et, dans son sillage, sentir le parfum musqué du lieutenant Jérôme Perchet, son adjoint.

– Je suis venu rapporter quelque chose.

Au cimetière, Faidherbe trouva sans peine l'emplacement de la tombe de Leroux. Des maçons s'activaient au bord d'un trou à couler le béton que leur malaxait une bétonnière. On préparait les fondations du monument Il s'approcha de la fosse et lança dans le trou un objet qu'il avait tiré de sa poche.

Le commissaire regarda une nouvelle coulée engloutir *Le Papillon épingle S.O.S. 017 à Bornéo* puis prit le chemin de la falaise d'amont. Il avait du temps devant lui. Il n'était attendu à dîner qu'à dix-neuf heures chez le marquis de Bellegueuse.

SOMMAIRE

Pour en savoir plus, rendez-vous à l'adresse suivante : http://etretatpolar.canalblog.com/

Disponible dans la même collection

- *Mon cadavre se navre au Havre,* Jean Calbrix, 2006
- *Mon cadavre se met à la diète à Dieppe,* Jean Calbrix, 2005
- *Mon cadavre s'enroue en Rouen,* Jean Calbrix, 2004
- *Mon cadavre s'éclate à Granville,* Jean Calbrix, 2004
- *Mon cadavre se lève tôt à Yvetot,* Jean Calbrix, 2000
- *Les trépassés du Tréport,* Pierre Devingt, 2005
- *Un normand dans la chnouf,* Pierre Devingt, 2001
- *Hurler avec les loups à Canteleu,* Michel Giard, 2003
- *A Caen ton linceul,* Régis Gauchard, 2000
- *L'étrange visiteur de Bernay,* Pierre Goubert, 2000
- *Le disparu de Dieppe,* Pierre Goubert, 2004
- *Sale affaire dans le Val de Saire,* Michel Hébert, 2007
- *Meurtre à Agon-Coutainville,* Michel Hébert, 2006
- *Mort suspecte sur une plage granvillaise,* Michel Hébert, 2005
- *L'armateur a disparu,* Michel Hébert, 2004
- *Nid d'espions à Granville,* Michel Hébert, 2003
- *Qui a tué le douanier du Mont-Saint-Michel,* Michel Hébert, 2002
- *Hold-up terrestre à Granville,* Michel Hébert, 2001
- *Espions chinois à Granville,* Michel Hébert, 1999
- *L'assassin habite Granville,* Michel Hébert, 1997
- *Farandole funèbre à Trouville,* Anne Jourdan, 2006

– *Rendez-vous aux Ecrehous*, Jean Legastelois, 2007
– *Le disparu du Bessin*, Henri Maisongrande, 2001
– *Pêches macabres à Houlgate*, Marcel Miocque, 2000
– *Houlgate-Paris, terminus la morgue*, Marcel Miocque, 1999
– *Festin mortel,* Nadine Mousselet, 2007
– *Scalpées dans la Baie*, Nadine Mousselet, 2006
– *Chantage meurtrier à Avranches*, Nadine Mousselet, 2004
– *Traque à Trouville,* Roland Sadaune, 2006
– *Honfleur de peau*, Roland Sadaune, 2003
– *Une balle pour rien à Cherbourg*, Robert Sinsoilliez, 2004
– *Le diaoul des îles Chausey*, Robert Sinsoilliez, 2001
– *Les corbeaux flingueurs de Bayeux*, Jean-Louis Vigla, 2000
– *Les étripés à la mode de Caen*, Jean-Louis Vigla, 2000
– *Crime pur sang à Alençon*, Jean-Louis Vigla, 1999

Collection Policiers historiques

Où sont les diamants du roi ?, Françoise Kermina, 2005
Un incipit introuvable, Guillaume Ducoeur, 2004
Chasse à l'or alchimique en Normandie, Robert Sinsoilliez, 2003

Achevé d'imprimer par Corlet Numérique - 14110 Condé-sur-Noireau
N° d'Imprimeur : 39604 - Dépôt légal : avril 2007 - *Imprimé en France*